捨てられたひよっこ聖女の癒やしごはん
～辺境の地で新しい家族と幸せライフを楽しみます！～

小蔦あおい

目次

書籍限定書き下ろし番外編

17歳の姿
クロウ
聖騎士団の第三部隊
シルヴァの隊長。
誠実で正義感が強く、
倒れていたリズを保護し、
ソルマーニ教会へ送り届ける。
リズ(リズベット)
本来の名前はリズベット。
両親を早くに亡くし、
聖女の叔母に育てられたが、
無実の罪で断罪され、目が覚めたら
子供の姿になっていた。
教会本部で培った料理スキルで
ソルマーニ教会のごはん改革に
励むことになり…？
捨てられた
ひよっこ聖女の
癒やしごはん
Hiyokko seijo no iyashi gohan
辺境の地で新しい家族と幸せライフを楽しみます！

妖精獣

アスラン

クロウの相棒。警戒心が強いが、
リズやクロウには人懐っこく
甘えん坊な一面も。

妖精たち

アクア

水の妖精。
しっかり者のお姉さん。

イグニス

火の妖精。
物知りだが、
少々気が短い。

ヴェント

風の妖精。
温厚でのんびりしている。

《ソルマーニ教会》

ヘイリー

辺境地スピナにある
ソルマーニ教会の司教。リズの腕を認め、
料理担当に任命する。

メライア

右目の下にほくろがある修道女。
リズを人一倍可愛がる。

ケイルズ

リズに過保護な修道士。
食料の調達係も担当している。

聖女

ドロテア

「妖精の愛し子」である
聖女の役目を担っている。
リズの叔母であり憧れの人。

プロローグ

厳かな空気が漂う、聖アスティカル教会本部の一室。

そこに、両手を前に揃《そろ》えて鉄の手枷《てかせ》を嵌《は》められ、簡素な麻のワンピースに身を包む少女が騎士に連れられて入ってきた。

少女の視線の先には壇上があり、七人の聖職者が一列に並んでいる。中央には大司教、その両脇には三人ずつ司教が立ち、どの聖職者も普段信者に向ける温厚な表情とは打って変わって、唾棄《だき》すべき存在として少女を見下ろしている。

大司教は丸められていた羊皮紙を広げると、冷淡な声で内容を読み上げた。

「評議会で検討した結果、聖杯を壊したリズベット・レーベは、妖精界への追放を命ずる！」

「……っ‼」

評決を聞いて肩を揺らす少女——リズベットことリズは言葉を詰まらせた。

(妖精界への追放？　そんなの冗談じゃありません)

妖精界は人間の肉体では行くことのできない別世界。そこへの追放とはすなわち、死を意味する。

顔を真っ青にするリズは、震える唇からなんとか声を絞り出した。

プロローグ

「……何度も申し上げていますが、私は聖杯を壊してなんていません。無実です」

するとと司教たちが「この期に及んで白々しい」「往生際《おうじょうぎわ》が悪いにも程がある」「いい加減、罪を認めよ」「おまえが犯人であることは証明されている」などと口々に非難する。

大司教は周囲を見回してからやめるよう手で制すと、リズへと視線を戻した。

「いくら聖女・ドロテアの姪《めい》だとしても看過することはできない。おまえが壊した聖杯は大事な聖物——秘宝だった。教会にとって、ひいてはアスティカル聖国にとって、聖物の破壊がどういう意味を持つのか……聖女の姪であるおまえなら分かるはずだ」

アスティカル聖国は大陸の南西部に位置し、妖精界への入り口が唯一ある国だと言われている。その理由は妖精と対話し、彼らから力を借りることができる妖精の愛し子《いとし》——聖女が存在するからだ。

妖精の愛し子と言われる聖女は、語りかけることで妖精たちから莫大な力を借りられる。愛される聖女であればあるほど、その力は強大となる。

周辺諸国からすれば多大な脅威となるので、聖国は一目置かれた存在となっていた。

聖女は聖国の十代半ばから二十代の乙女に限り、その身に力が宿るとされている。次の聖女が現れると半年ほど掛けて現聖女の力は自然と衰えていく。

聖国の乙女であれば誰しも聖女になり得る可能性を秘めており、聖女になるのは乙女たちの密かな夢であり誉《ほま》れだった。

ところが、本来は数年で次の聖女と交代するはずなのに、ここ十年はずっとリズの叔母であるドロテアが担っていた。

先程大司教が言っていた教会にある秘宝とは、妖精たちから賜《たまわ》った聖物のことで、リズが壊したとされている聖杯は雨を降らす力を持っていた。

（どうしてこんなことになってしまったのでしょう。私は決して聖杯を壊していませんのに……）

絶望に染まる青い瞳を閉じ、リズはこれまでのことを振り返った。

第１章　無実の囚人

リズはもともと貿易を生業とするレーベ商会の一人娘だった。

母は流行病《はやりやまい》に罹《かか》ってとうの昔に亡くなっていて、父と二人で幸せに暮らしていた。

ところが六年前、父が暴走した馬車にはねられて帰らぬ人となった。

身寄りのないリズは唯一の肉親である母の年の離れた妹、ドロテアに引き取られた。

十六歳で聖女となったドロテアはリズを引き取った二十歳の時も活躍しており、多忙を極めているにもかかわらず、リズを優しく迎え入れてくれた。彼女が暮らしている場所は教会本部内だったが、聖女のために特別に造られた邸《やしき》はリズも一緒に暮らせるだけの部屋数があった。

ドロテアは時間を作ってはリズと一緒に遊んでくれたし、家庭教師を雇って充分な教育を受けさせてくれた。

お陰でリズは立派な女性へと成長した。もしドロテアが引き取っても愛情を注ぐことなく、教育を受けさせてくれることもなければ、きっと今のリズはいない。

誰にでも優しく親切で、聖職者の鑑《かがみ》といえる彼女をリズはいつも羨望《せんぼう》の眼差《まなざ》しで見ていた。

（大人になったら、私も叔母様みたいな立派な人になりたいです……）

リズももう十七歳。あと一年すれば成人する。

成人したらこの教会を出て独り立ちし、人の役に立つ仕事をしようと決めている。

そんなある日、リズがいつものように見習いの修道女に交じって教会内の草むしりに勤《いそ》しんでいたら、付き人の聖騎士を連れたドロテアがやって来た。

クリーム色のすっきりとしたラインに絹のドレス。スカートの裾には白糸で百合の刺繍《ししゅう》が入り、ところどころにはパールがちりばめられている。

頭につけているレース状のウィンプルの裾にも百合の刺繍が入っていて、彼女の艶やかな黒髪と雪のように白い肌がよく映える。

(私も叔母様みたいに綺麗《きれい》な黒髪だったら素敵でしたのに……)

肩に垂れた自身の髪を持ち上げてじっと見つめる。

リズの髪は父親譲りのシルバーブロンドで、瞳は母親譲りの青色をしている。

ドロテアもリズと同じ青い瞳だが、灰色がかっているので印象がまた違う。

「精が出るわね、リズベット」

「ごきげんよう、叔母様」

リズは手にしていた自分の髪を放して立ち上がると、作業用のエプロンについた泥を払って挨拶《あいさつ》をする。

ドロテアは目を細め、こちらに来るようゆっくりと手招いた。素直にリズが近寄ると、ドロテアから頼みごとをされる。

「大司教様と先程お話をしていたのだけれど、今年は五年ぶりに雨が降らない年になるらしいの。それで、急遽《きゅうきょ》明日の朝に雨乞いの儀式をすることになったから、私の部屋にしまってある青色の儀式用ドレスを直してもらえないかしら？　あれはスカートの一部に穴が空いてしまっているのだけど、儀式用の中で一番のお気に入りだから着ていきたいの。聖杯にもよく合うしね」

聖杯は盃《さかずき》の部分が瑪瑙《めのう》でできていて、縁は金細工に加え、サファイアやタンザナイトなどの宝石がちりばめられており、大変貴重なものだと聞いている。

その聖杯と合わせるなら、確かに青いドレスが一番良い。

「えっ、でも私が叔母様のドレスを直しても良いのですか？」

リズは少し戸惑ってしまった。

雨乞いの儀式となれば、聖女の奇跡を目《ま》の当たりにしたくて大勢の信者が詰めかける。

その当日の衣装を、聖職者でもない自分なんかが繕《つくろ》っても良いのだろうか。

そわそわしていたら、ドロテアが優しく肩を抱く。

「私はあなただからお願いするのよ。草むしりが終わってからで良いから、夕刻までに準備しておいて欲しいわ。夜はあれを着て大司教様と打ち合わせをするの。明日と同じ装いなら大司教様が儀式の様子を想像しやすいから」

話を聞いてこんな大役はまたとない、とリズは思った。

普段は頼ってこないドロテアが頼ってくれているのだ。最初は尻込みしていたが、断る理由がなくなった。

「是非、私にやらせてください！」

リズは二つ返事で引き受けた。

「それじゃあお願いね」

ドロテアは微笑《ほほえ》んで、聖騎士と共に礼拝堂へ歩いていってしまった。

その後、草むしりを終えたリズは早速ドレスを直しに邸へと向かった。この時間帯の邸内は修道女や見習いの修道女たちが掃除をしている。

廊下ですれ違う彼女たちに挨拶をしてドロテアの寝室に入ると、クローゼットを開いて青色のドレスを取り出した。

「明日このドレスを着て、叔母様は雨乞いの儀式を行うのですね。聖杯を持つ姿はきっと神々《こうごう》しいでしょう」

妖精から賜ったとされる聖物はこの世に三つある。

一つ目は、雨を降らす力を持つ聖杯。

二つ目は、邪悪なものを払い、倒すことができる聖剣。

そして三つ目は、聖女となる乙女を見つけるための羅針盤《らしんばん》だ。

どれも大司教が保管庫にて厳重に管理している。

「雨乞いの儀式を成功させるためにも、ドレスを完璧に仕上げなくては」

リズは服の袖《そで》を捲《まく》ると、持ってきていた裁縫道具箱を開け、ドレスの生地と同じ青い糸を選んで針に通した。

空いている穴の端に針を通して真横から出し、反対側の真横へ針を通して真上に刺す。それを何回も繰り返して最後に糸を引っ張り、閉じれば穴は綺麗に塞がった。

「――ふぅ、目立たなくなりましたし、これで良いですね。叔母様も喜んでくださるはずです」

ドレスの修繕は思ったほど大したことはなく、解《ほつ》れや取れかけのボタンをつけ直す作業を入れても三十分程で終わってしまった。

リズはドレスが皺《しわ》にならないようトルソーに掛け、ほくほく顔で寝室を出る。

丁度、花を生けに来た修道女と出くわしたので軽く挨拶を交わした後、炊事場で食材管理を行った。

食材管理はリズと料理担当の修道女が当番制で行っているのだが、修道女が風邪で寝込んでしまっているので今日はその代わりだ。食材管理の内容は在庫の確認で、それも終わって漸《ようや》く手が空くと、仲の良い修道女・アンナと一緒に薬草園の薬草を摘みに出かけた。

薬草園に生えている薬草は薬にして週に一度、信者へ提供する。

今日集めるのはカモミールだ。

「ここに来て間もない頃は薬草と毒草の見分けがつかなかったけど、随分《ずいぶん》手際が良くなったわ」

そう言って微笑みかけてくれるアンナは、リズより二十歳も年上だ。ここに来た時から、娘のように可愛がってくれている。

朗《ほが》らかなアンナが好きで、時間があれば薬草園へ行き、リズは薬草の知識を身につけていった。

「根気よく指導してくださったお陰です。いつか私に聖力が備わったら、難しい薬の作り方を教えてくださいね」

リズは今のところ簡単な薬しか作れない。難しいとされる薬には聖力が必要となるので、それがゼロであるリズにはできないのだ。

「ええ、約束しますとも。その代わり、今度また私の好きなビスケットを焼いてくださいね」

アンナが茶目っ気たっぷりに小声で話しかけてくるので、リズは堪《たま》らず声を出して笑った。

「ええ、もちろんですよ」

それから二人で他愛もない話をしながらカモミールを籠《かご》いっぱいになるまで摘むと、教会の隅に建てられている薬工房へ持ち帰った。

薬工房の中は、薬草特有の匂いがツンと鼻を刺激する。

壁際には逆さにした薬草がびっしりと吊《つ》るされていて、棚の一番上には植物の根や木の実が瓶詰めされている。その下の段にはすり鉢やすりこぎ棒、抽出器具など作業に必要な道具が整然と並べられていた。

作業台の上に籠を置いたところで、夕刻を告げる鐘が鳴ったので今日の作業はここまで。明日はカモミールを乾燥させるらしく、リズはアンナに手伝うと約束して邸に帰った。

薬工房を出て教会敷地内を歩いていたら、前の小径《こみち》を聖騎士たちが慌てた様子で走っていくのが見える。

何か事件でもあったのだろうか。

不思議に思いながら歩みを進めていると、彼らは吸い寄せられるようにリズが暮らしている邸の中へと入っていく。

「どうして邸に？」

嫌な予感がして自然と早歩きになる。リズの嫌な予感はよく当たる。

(叔母様に何かあったのでしょうか？)

歩くスピードは徐々に増していき、邸に到着する頃には駆《か》け足になっていた。

邸の中に入ると、玄関ホールには額に手を当てて俯《うつむ》くドロテアと、付き人の聖騎士が立っている。

「叔母様っ！」

リズが声を掛ければ、それに反応してドロテアが真っ青な顔を上げた。

「嗚呼《ああ》、リズベット。今までどこにいたの？」

「今までアンナといました。何かあったのですか？」

「それは……」

ドロテアの疲弊具合を察して、聖騎士が代弁する。

「何かあっただと？　それはこちらが訊《き》きたいところだ」

眉を吊り上げている聖騎士が顎《あご》をしゃくって奥の廊下を示すので、リズはそれに従って進み出た。すると、前方からゆっくりとした足取りで両手に風呂敷を抱えた修道院長と、その後に見習いの修道女が続いてやって来た。風呂敷を抱えた修道院長はリズに気がつくと、怒気を含んだ顔つきになる。

「リズベット！　あなたは一体なんてことをしたのですか‼」

「えっ？」

突然責められて面くらっていたら、修道院長が風呂敷の結び目を解《ほど》いた。中から明日の儀式で使用するはずの聖杯が顔を出す――が、縁の金細工が割れて盃の瑪瑙にはヒビが入っていた。

無残な姿になった聖杯を見て、リズは目を丸くする。

「誰がこんなひどいことを……」

暗い表情で呟《つぶや》けば、付き人の聖騎士が舌打ちをした。

「しらばっくれるな。これを壊したのはおまえだろう？」

「ええっ⁉」

リズは聞き咎《とが》めた。

そもそもの話だが、リズは聖杯が邸にあったなんて教えられていない。保管場所すら知らなかった。

これは完全なる濡《ぬ》れ衣《ぎぬ》だ。リズはすかさず反論した。

「どうして私なんですか？　私は聖杯を壊していません」

「じゃあ誰がやったと言うんだ？　俺やドロテア様は先程までずっと礼拝堂にいた。聖杯を壊せる時間はない」

「聖杯がいつからここにあるのか、私は知りません。場所も教えられていません。どうやって知るというのですか？　私を疑うなら私以外にも、邸を掃除していた修道女や見習いの修道女がいるでしょう？」

するとと今まで黙っていたドロテアが口を開いた。

「聖杯は今朝から密かに邸の保管室で預かっていたの。昼間確認した時はなんともなかった。保管室は鍵が掛けられるから、修道女たちには開けられない。だけどリズベット、あなたには万が一に備えて鍵のスペアを渡していたでしょう？　保管室の扉にこれが挿さったまま、開いていたのよ」

ドロテアはポケットから鍵を差し出した。スペアの鍵には数字の2という文字が彫られていて、それは数ヶ月前にリズがドロテアから渡された鍵で間違いなかった。

鍵は見つからないよう常にベッドの裏に隠していた。誰にも教えていないのに犯人はどうやって隠し場所を突き止めたのだろうか。

「待ってください。その鍵は確かに叔母様から預かっていたものですが、私は保管室へは近づいていません。アリバイだってあります。今まで薬工房にいて、その前は薬草園で薬草を摘みに出かけていました。その前だって炊事場で食材管理をしていました」

「……それらを証言できる者はいるのか？」

付き人の聖騎士が腕を組んで胡乱《うろん》げに尋ねてくるので、リズは力強く頷《うなず》いた。

「もちろんいます。アンナと一緒にいました。その前だって……」

しかしそこで、リズはあっと声を上げて口を噤《つぐ》んだ。

アンナとは確かに薬草園へ薬草摘みに出かけた。しかし、ドレスを直し終えて花を生けに来た修道女と挨拶を交わしてから、炊事場で食材管理をしている間は一人だった。

その間、誰にも会っていない。

したがって、リズが炊事場にいたというアリバイを証言してくれる人が一人もいない。

（どうしましょう。どうやって無実を証明すれば……）

汗が滲《にじ》む手でエプロンを握り締めていたら、聖杯を抱えている修道院長がドロテアに話しかけた。

「ドロテア様、私はあなた様のお召し物を届けに昼間こちらへ伺ったのですが、その際に保管室から立ち去る者を遠目に目撃しました」

着替えを届けに来る頃といえば、邸で作業をしていた修道女たちが引き上げた後だ。修道院長は決まっていつも遅くに邸へやって来る。

その時間帯となると、リズがまだ炊事場で食材管理をしている頃だ。

「後ろ姿だけですが、はっきりとこの目で見ましたとも。その者の髪は丁度リズベットと同じ長さで、シルバーブロンドでしたよ」

修道院長の一言によって、疑いの目がリズへと集中する。

リズは首を横に振って再度否定した。

「待ってください。違います。私じゃありません！」

すると見習いの修道女がおずおずと手を上げる。

「私も当時、修道院長の隣にいたのですが……同じように女の人の後ろ姿を目撃しています。シルバーブロンドの髪をしていました。リズベットと同じ髪色の修道女は何人かおりますが、この邸では働いていません」

その言葉が決定打となったようで、後ろで静かに控えていた聖騎士のうちの一人が声を上げる。

「ただちにこの女を引っ捕らえよ‼」

それを皮切りに仲間の聖騎士が縄を使ってリズを捕縛する。

「私じゃありません！　叔母様、お願いです、助けてくださいっ！」

「リズベット……」

助けを求めてリズがドロテアへと手を伸ばすが、その手は空を掴《つか》むだけ。抵抗も虚《むな》しく、リズはそのまま教会の地下牢《ちかろう》へと投獄されてしまった。

薄暗く灯《あか》りもほとんどない地下牢で、リズは混乱する頭を必死に働かせて状況を整理していた。

（誰かが、叔母様から預かっていたスペアの鍵を盗んで保管室に侵入し、聖杯を破壊したということですよね。もう一つの鍵を持っている叔母様は、礼拝堂にいたのを付き人の聖騎士が立証済みですから、アリバイがあります。その一方で私には誰とも会っていない空白の時間があって……）

リズの記憶が正しければ聖物の器物破損は聖国の法律には適用されず、教会の評議会が裁きを下すことになっている。

どういう裁きが下されるのかはまったく想像がつかない。

ましてやこんな事件が起きるなんて前代未聞だ。だが、この世に二つとない聖物を壊したのだからきっと重罪に処されるだろう。

「スペアの鍵もそうですが、修道院長たちの証言で周りは私が犯人だと確実に思っていますよね……」

はあっと深い溜《た》め息を吐《つ》いて俯く。

日はとうに暮れて、天井付近にある小さな窓からは真っ暗な景色が見える。

夜になって気温が下がり、ひんやりとした空気が辺りを包み込んで肌寒い。暖を取るために牢屋の隅っこで膝を折って座り込み、自身を抱き締める。

冷たくなった指先に息を吹きかけて温めていたら、外の扉の開く音が聞こえてきた。

音に反応してリズはゆっくりと顔を上げる。コツコツと階段を下りてくる音が響き、オレンジ色の灯りがこちらへと近づいてくる。

立ち上がって鉄格子に近づくと、そこには沈痛な表情を浮かべたドロテアが姿を現した。

「大変なことになってしまったわね、リズベット」

「叔母様っ！　何度も言っていますが私は聖杯を壊していません。修道院長たちはきっと私を誰かと見間違えています」

必死に訴えればドロテアは分かっていると何度も頷いた。

「真面目なあなたがあんな悪事をするはずないもの。今、あなたのアリバイが立証できないか調べてもらっているの」

ドロテアは、鉄格子を必死に掴むリズの手に自身の手を重ねて力強く握り締める。

「リズベット、必ず救ってあげるから少しの間我慢してちょうだい」

「……っ、分かりました」

彼女は聖国唯一の聖女で大司教と同等の地位にある。きっとあらゆる手を使って助けてくれるに違いない。

この時リズは、ドロテアが必ず自分をここから救い出してくれると信じていた。

しかし、いくら聖女であるドロテアであっても、リズの無実の証明はできなかった。

結果として、リズは妖精界への追放が決まってしまった。


「ほら、さっさと歩けこのノロマ！」

厳しい罵声を浴びせられながら、リズはのろのろと山を登っていた。手の拘束は手枷から縄になり、相変わらず自由はない。

評議会から裁きが下った後、囚人用の箱馬車に乗せられて数日が経《た》ち、降ろされた場所は見知らぬ山の麓《ふもと》だった。それから看守に連れられてずっと山登りをさせられている。地下牢に投獄されてからというもの、ろくに何も食べていない。

空腹で足に力が入らず、ふらつく度に蔑《さげす》んだ言葉を浴びせられる。

しかしどんな言葉を浴びせられようと、今のリズには響かなかった。

もう心身共にへとへとで、看守の言葉を受け止める余裕がない。

俯いて足場を確かめながら登り進んでいたら、漸く前を歩く看守の歩みが止まった。

「ほら、着いたぞ。ここから先が妖精界への入り口だ」

焦点の合わない目で前を見る。その先にあるのは切り立った崖だった。

眼下には鬱蒼《うっそう》とした樹海が一面に広がっていて、もし奇跡的に一命を取り留めたとしても樹海からは出られない。結局、リズは助からないようだ。

疲れ切っているリズの意識はぼんやりとしていて、早く横になって休みたいという気持ちでいっぱいだった。

「ここからはおまえが先に歩け」

看守に言われるがまま、崖の上を歩かされる。崖は先端へ進むにつれて道幅が狭くなり、そこでやっと焦点の合っていなかった視界が鮮明になる。

そして、一番端まで辿《たど》り着いて意識がはっきりとした途端、恐怖が心を支配して身が竦《すく》んだ。

（ここから飛び降りるなんてそんなの絶対無理です。できません！）

身体は小刻みに震え、足は一歩も動かない。

その場に佇《たたず》んでいたら、足下で何かが音を立てて跳ねたので地面に視線を向けた。すると、いくつもの小石がこちらに転がってくる。

「何をもたもたしている。さっさと妖精界へ渡れ！　こっちは早く仕事を終わらせて帰りたいんだよ！」

振り返れば、痺《しび》れを切らした看守がこちらに向かって石を投げているではないか。

リズは腕を顔の前に出して石が当たるのを防ぐ。

「や、やめて……！」

もちろん看守はやめず、どんどん石が投げ込まれる。身動きが取れないでいると、とうとう頭にガツンと衝撃が走った。

「うっ！」

それによってバランスを崩したリズは頭から真っ逆さまに落ちていく。

（私の人生はこれで終わってしまうのですか……）

恐怖からか、人生に悲嘆《ひたん》しているからか、青い瞳には涙が滲む。

最後に視界に映ったのは雲一つない真っ青な空と、白く発光した二つの丸い球体だった。

身体の節々が痛い。それからとてもだるい。

このまま眠っていたいのに、誰かが必死に呼びかけてくれているような気がする。

「頼む……目を……してくれ！」

声は微《かす》かにリズの耳に届く。これは一体誰の声だろう。

（私は崖から落ちて死んだはず……。もしかして、本当に妖精界へと渡ってしまったのでしょうか？　呼びかけてくれているのは妖精？）

それなら妖精界がどんな場所で、妖精がどんな姿なのかを、一度この目で確かめてみたい。

好奇心に駆られたリズは重たい瞼《まぶた》をゆっくりと開いた。

すると目に映ったのは、聖騎士団の象徴である白を基調とした服に身を包む青年だった。

さらさらとした燃えるような真っ赤な髪。彫りの深い白皙《はくせき》の顔は眉目秀麗《びもくしゅうれい》で、アーモンドの形をした瞳は翡翠色《ひすいいろ》をしている。耳には細長い雫《しずく》形の石のピアスがついていて、彼の動きに合わせて揺れていた。

聖騎士の制服にギョッとして、リズの意識は覚醒《かくせい》した。

（ど、どうして妖精界に聖騎士がいるのでしょう？　私は確かに崖から落ちて死んだはずなのに）

まさか妖精界に人間が、しかも聖騎士がいるなんて思いもしなかった。もしやこの聖騎士も以前に妖精界への追放を言い渡された人間なのだろうか。

とにかく、リズと同じように妖精界へ追放された身なら、いろいろと話が聞けそうだ。

青年はリズが目覚めたのを確認して、ホッと胸を撫《な》で下ろした。

「良かった。こんな樹海の真ん中で倒れていたから最初は死人かと思ってとても驚いた。手遅れになっていたらどうしようかと思ったが……目を覚ましてくれて安心したよ、お嬢ちゃん」

「いえ、こちらこそ助けてくださってありがと……おじょう、ちゃん？」

青年の〝お嬢ちゃん〟という声掛けにリズは首を傾《かし》げる。自分よりも少し年上に見える相手からお嬢ちゃんと呼ばれるのは、なんだか違和感がある。

さらに違和感を覚えるのは自分が発した声色だ。

いつになく声質が幼くなっている。それに、立ち上がったら視線の位置が異様に低い。

何がどうなっているのか分からず、下を向くと自分の手も身体も小さくなっていた。

「ええっ⁉」

リズは素《す》っ頓狂《とんきょう》な声を上げた。

（どうなっているのです⁉　私の身体、小さくなってます⁉）

ふと、リズは先程の青年の言葉を思い出す。

彼は、リズが樹海の真ん中で倒れていたと言っていた。それはつまり、自分がまだこの世にいることを意味している。

崖から落ちて奇跡的に生還したのはとても嬉《うれ》しい。だが、どうして身体が小さくなってしまったのかは謎だ。

事態を把握するためにリズは近くを流れる川を見つけて覗《のぞ》き込む。するとそこには、七歳くらいの自分の姿が映っていた。頭の中はますます混乱して事態の収拾がつかない。

「何が起きているのです？　私、てっきり妖精界へ渡ったとばかり……」

するとこちらの様子を怪訝《けげん》そうに眺めていた青年がその発言を聞いて表情を歪《ゆが》めた。

「まったく。幼気《いたいけ》な子供に変なことを吹き込むとはなんて親だ。大丈夫だ、お嬢ちゃん。俺が君を保護しよう。俺の名前はクロウだ」

どうやらクロウは親が口減らしか何かの理由で、リズに妖精界へ渡るよう言い聞かせたと思っているらしい。こちらを見つめる瞳には慨嘆《がいたん》の色が浮かんでいる。

「わ、私なら大丈夫です。助けてもらって、これ以上、めわくはかけらりぇ……えっ⁉」

突然、いつもの口調では話せなくなった。舌がもつれる、というよりもうまく口が動かせない。どうあがいてもそれ以降、リズが普段通りに話そうとしても話せなかった。

（身体が小さくなったばかりか、いつものように話せないなんて。本当にどうしちゃったんでしょう）

ぜぇぜぇと荒い息をしながら途方に暮れるリズ。

「おい、大丈夫か？」

気遣わしげに尋ねられ、リズはハッと我に返る。

「だ、大丈夫ぅ。なんでもないよぉ」

どうやら子供が話すような言葉遣いなら問題なくすらすらと話せるみたいだ。

少し不便だが仕方ない、とリズは腹を括《くく》る。

それから咳《せき》払いをしたリズは、改めてクロウに保護されるのを断った。

正直なところ、教会やそれに関わる人とは一緒にいたくない。万が一生きていると知られてしまえば、今度は確実に死ぬよう、もっと別の方法で処刑されるかもしれない。

（子供の姿なら教会本部に行っても気づかれないかもしれませんが、保証はどこにもありません。それに、この人がどこの聖騎士団に所属しているかも分からないので迂闊《うかつ》についていく訳にはいきませんね）

ここから一番近い聖騎士団となれば、もちろん教会本部の第一部隊サラマンドラだ。

聖騎士団は四つの部隊で編成されている。第一部隊サラマンドラ、第二部隊ウンダ、第三部隊シルヴァ、第四部隊ゲノモスだ。

聖騎士団は部隊数字が一に近いほど王都に近い場所を拠点として活動する。ドロテアの付き人をしていた聖騎士も、教会本部で警備を行っていた聖騎士もみんな所属はサラマンドラだ。

もしこの青年の所属先がサラマンドラなら、奇跡的に生還したのにまた命の危険に晒《さら》される場所へ逆戻りだ。

警戒していたら、クロウがリズと視線が合うようにしゃがみ込んできた。

「知らない人についていっちゃだめだと思っているのかもしれないけど、俺と君はもう友達だ。ほら、友達の印にこのキャンディをあげよう」

「こ、子供扱いしないでっ」

むうっと頬を膨らませるものの、自分が今幼くなっているのを思い出す。

（そうです。このお兄さんからすれば私は小さな女の子……）

ハッと我に返って視線を泳がせ、もじもじしていると、クロウが頭の上にぽんと手を置いた。

「そうだな、もう君はお姉さんだ。俺が悪かった。だけど、君一人でこれからどうするんだ？　出口も分からないだろう。それに旅は道連れ世は情けって言うじゃないか。あ、言ってることが難しいか？　俺はね、ここからかなり遠い場所で聖騎士をしている。一人で帰るのは寂しい

る。

「かなり遠い場所?」

ということは、田舎にある聖騎士団。第三部隊シルヴァか第四部隊ゲノモスのどちらかにな

しかし、聖騎士がどうしてたった一人で樹海にいるのだろう。普通こういった場所では数人で行動するものではないだろうか。

疑念を払拭できないリズはさらに警戒を強めてしまう。もしかしたら聖騎士を装った人攫《さら》いか物盗りかもしれない。

「お、お兄さんはどうしてここに一人でいるの?」

「この樹海は知る人ぞ知る貴重なきのこや薬草の宝庫だ。特に魔物から攻撃を受けた傷や毒なんかに効く。これがあれば聖力を持つ聖職者がいなくても、仲間の傷を早めに治せるし、毒の進行だって遅らせられる」

魔物から受ける傷は普通の薬では治らない。治すには特別な薬草に加えて聖力が込められた薬、または司教以上の聖力を豊富に持つ人間の祈りによる治癒が必要になる。

毒の場合も同じで、特別な薬草に加えて聖力が込められた薬と司教以上の人間による浄化が必要だ。

ほら見てごらん、というようにクロウは腰につけている麻袋の口を開く。そこにはこれまで

見たこともないようなきのこや薬草がいっぱい詰まっていた。

「樹海は一度入れば二度と出られないなんて言われているけど、それは嘘《うそ》だ。みんな自分の目だけを頼りにするから道に迷う」

「ふうん？」

「つまり、俺は相棒の目を借りて樹海を往《い》き来している。見た方が分かりやすいかな」

クロウは立ち上がると口に指を当て、空を見上げてピィィと指笛を吹き鳴らした。甲高い音が辺りに響き渡り、やがてクロウとリズが立っている場所に黒い影が落ちる。

空を仰げば、見たこともない生き物が羽ばたいていた。それはこちらに急下降してくると、クロウの隣に降り立った。

「わあ！　なあにこれ!?」

リズは目を丸くしてその生き物を頭のてっぺんからつま先まで眺めた。

それは真っ白なたてがみを持つライオンなのだが、背中には鳥類のような立派な翼が生え、額には青色の核がついている。隣に立つクロウより身体は大きく、飛びかかられたら受け止めきれずに倒れてしまいそうだ。

「この子はアスラン。魔物だが幼い頃にうっかり助けたら、懐いてそのまま大きくなった。赤ん坊の頃から人間と一緒にいるから、襲ってはこない。俺に道を教えてくれるし、危険だって知らせてくれる。とっても心強い相棒さ」

リズはアスランのふさふさの毛並みを見て触りたくなった。もともと可愛いもふもふな動物が好きなので心をくすぐられる。触りたくて堪らない。

「あ、あの。アスランに触っても良い？」

「いや、この子は俺にしか懐かないから多分触らせてもらえな……」

クロウが言い終わる前に、アスランは頭をリズの前に突き出した。

リズは小さな手をそっと頭の上に載せて触り心地を確かめる。

「ふ、ふわふわあっ‼」

あまりの気持ち良さに、リズはトロンとした表情を浮かべてからたてがみに顔を埋めた。

アスランのたてがみからはお日様の匂いがしてずっと顔を埋めていたくなってしまう。

（一度で良いから経験したかったのです！　とっても幸せです～）

ふわふわな毛並みを堪能した後で、リズはアスランにお礼を言って離れる。

すると、クロウが首を傾げながら頬を指で掻《か》いていた。

「……おかしいな。アスランは俺以外に触られるのを嫌がるはずなんだけど」

クロウが頭を撫でればアスランは嬉しそうにゴロゴロと喉を鳴らす。

とても懐いているようだ。

（樹海は地上からだと出口が分からないけれど、アスランがいれば空から今どこにいるのかを把握できるので迷わずに出られそうですね。……アスランの懐きようからしても、彼は悪人で

はなさそう。あとは彼がどこで暮らしているかですね）

王都と地方では距離が離れているので、今回のような聖杯が壊れたという情報は、地方の教会へ届くまでに時間が掛かる。したがって、比較的安全な場所から教会本部の動向を探れる。

クロウが地方の聖騎士団に所属しているなら、教会本部の情報を得るためにも、保護してもらった方が良いのかもしれない。

一先《ひとま》ず、リズはクロウがどこに向かうのかを尋ねることにした。

「お兄さんの帰る場所はどこ？　ここからそんなに遠いの？」

「帰る場所は辺境地のスピナだ。俺はスピナにある要塞《ようさい》で、第三部隊シルヴァの隊長をしている。そこの教会の司教とも仲が良いからきっと君の面倒は見てもらえる」

「た、隊長さんだなんて凄《すご》い！　ごめんなさい、そうとは知らずに失礼なことを言っちゃったかも」

「随分大人びているね。だけど君が気にすることはないし、これからはクロウで良いから」

クロウがそう言うので、リズは彼のことを〝クロウ〟と呼ぶことにした。

（辺境地スピナなら、彼についていっても大丈夫そうです。下手に王都や近くの地方都市へ行くよりかは、安全ですから）

スピナにある教会といえば聖国の最東端にあるソルマーニ教会だ。スピナは王都から最も離れたところにあり、険しい山道を幾度も越えなくてはならない。早馬で向かうにしても長い時間を要し、過酷な旅を強いられる。

あそこなら教会本部の人間は滅多に訪れないし、交流もほとんどないはずだ。

考え抜いた末、リズはクロウと共にスピナへ行くと決めた。

「分かった。私もクロウと一緒に行く」

「それは良かった。――ところで、名前を聞いても良いかな?」

「あ、えっと。私の名前は……リズ」

今から行くところは東の辺境地で滅多に教会本部の人間は訪れない。だが、本当の名前を口に出すのはちょっぴり怖い。念のためリズは両親から呼ばれていた愛称を本名として使うことにした。

「そうかリズ。じゃあ一緒にスピナへ行こう」

「はぁい!」

ところが、丁度そこでリズのお腹《なか》がぐうぅと怪物のように声を上げた。

「あっ……」

恥ずかしくなってぱっと顔を伏せると、クロウが大きくてゴツゴツした手で頭を撫でてくれる。

「先走った俺が悪かった。まずは火を熾《おこ》して食べ物を用意するよ。ちょっと待ってて」

クロウは優しく声を掛け、手慣れた様子で小枝を集めて火を熾し、ご飯の準備を始めた。その間、リズはアスランと一緒に少し離れた大木の陰で休む。

（クロウさんと出会えたお陰で無事に樹海から出られそうですし、保護もしてもらえるので大変ありがたいですね。……クロウさんは私の恩人です！）

リズはクロウとの出会いに心の中で感謝した。

ただ、残る問題は自分の身体だ。小さな女の子になってしまった原因は不明とはいえ、いつもとの姿に戻れるのか分からない。

そもそもどうして突然身体が小さくなってしまったのだろう。

「いくら考えても、身体が小さくなった理由が分かんない……」

途方に暮れてぽつりと呟いていたら、不意に頭上から声がした。

《リズの身体が小さくなったのは私たちのお陰なの》

「えっ……⁉」

ギョッとして見上げれば、そこには二つの白く光る球体がふわふわと浮かんでいる。

（この球体、崖から落ちる時にも見た気がします）

呆気《あっけ》に取られていたら、白く光る球体はリズの目の前まで降りてきた。よく見るとその球体はただの光る球ではない。

水色のワンピースを身に纏《まと》い、三つ編みワンテールをした女の子の小人と、淡い緑色のシャツと緑のズボンを履いた男の子の小人が、蝶《ちょう》のような透明な羽をぱたぱたと動かしながら飛んでいる。

(な、なんですかこれ……!?)

口を半開きにして目を瞬《またた》いていると、男の子の小人が自己紹介してくれた。

《ヤッホー。僕は風の妖精。こっちにいるのは水の妖精。リズが僕たち妖精を認識できるようになって嬉しいー》

「よ、妖精!?」

そんな馬鹿な、とリズは思った。

妖精が見えるのは妖精の愛し子である聖女や聖力のある司教だけのはずだ。

リズは聖力すら持たないただの一般人。なんの力も持たない自分に妖精が見えるなんて、思い当たる節はただ一つだけ。

「……こ、これはきっと幻覚かな? 崖から落ちてまだ混乱してるのかも!」

リズは自分を納得させるようにパンッと手を合わせた。

そうだ、そうに違いない!と、何度も頷いていたら、水の妖精が頬を膨らませる。

《幻覚じゃないのっ! リズは崖から落ちる時に聖力が覚醒したの。火事場の馬鹿力ってやつなの》

火事場の馬鹿力で聖女と同じように妖精が見えるようになるなんてあり得るのだろうか。

否、現に自分は妖精が見えているし、会話まで成立している。

《僕たちリズを助けるために、女王様のお力を借りてリズの身体を小さくしたー。言葉遣いも制約したー》

風の妖精はリズの身体が小さくなった理由と、いつもの口調で話せなくなった理由を説明してくれる。

この不可解な現象は妖精の力がなければできない業だ。

「女王様？　女王様って妖精女王のこと？」

妖精界を統《す》べる妖精女王は強大な力を持ち、こちらとあちらの世界の均衡を保つように務めている。

《せいかーい》

「どうして女王様が私を助けてくれるの？」

《女王様や私たちもリズが聖杯を壊した犯人じゃないって知ってるの。だから助けたの。それにドロテアが……》

「へえ、リズは妖精と会話ができるのか？　良いな。俺も一度で良いから話してみたいな」

気づくと後ろにはクロウが神妙な表情をして立っている。

「クロウ！」

リズはクロウにも妖精が見えていると知って驚いた。

教会本部では妖精が見える修道女や修道士の話は聞いたことがなかった。てっきり聖力がある程度備わっている司教以上でないと見えないものだと思っていたのに。そうではないのだろうか。

「もしかしてクロウも妖精が見えるの？　でも妖精が見えるのは司教様以上じゃ……」

「俺の目にははっきりと二人の妖精が見えているよ。妖精が許可しない限り声は聞こえないけど」

クロウは懐から小さな包みを取り出した。中には金平糖《こんぺいとう》が入っていて、二つ取り出すと妖精にそれぞれ渡していく。

妖精はぱあっと顔を綻ばせ、大事そうに金平糖を抱えてどこかへ飛んでいってしまった。

「リズは王都育ちなのか？　都会だと空気が淀《よど》んでいるから、強大な聖力を持つ司教以上の者にしか妖精の姿は見えない。だが、空気の澄んだ場所だと少し聖力があれば誰にでも見える」

「ふうん？」

リズは先程聖力に目覚めたばかりなので、クロウの説明とは事情が少し異なった。だが、詳しい事情を説明する必要もないので大人しくクロウの話に耳を傾ける。

そこでふと、リズの脳裏にドロテアの姿が浮かんだ。

（もしかすると、叔母様は妖精たちに私を助けるようにお願いしてくれていたのかもしれません。王都だと司教様以上にしか妖精が見えないようなので、タイミングを計れば彼らにお願いしやすいです。そうじゃなかったらあんなタイミングで妖精が助けに来てくれません）

ドロテアは必ず助けると約束してくれた。きっと、彼女が妖精や妖精女王に頼んで自分を助けてくれたのだ。

胸の辺りがじんわりと熱くなって、リズは胸に手を当てる。

「さあ、ご飯の準備はできているから食べようか」

「……うん」

リズはクロウに連れられて、アスランと一緒に焚《た》き火へと移動した。

クロウが準備してくれた食事は干し肉と炙《あぶ》ったチーズを載せたパンだ。

「いただきます」

クロウから手渡されたパンを受け取ったリズはそれに噛《か》みついた。

炙られたチーズは甘みとコクが口いっぱいに広がってパンとよく合う。干し肉も噛みごたえはあるが程良い塩加減が美味しい。

久々の食事に、リズは心が満たされていくのを感じた。

「ありがとう。とっても美味しかった！」

食事を済ませて身支度を調えているクロウにリズはお礼を言う。

クロウはにっこりと微笑んでリズの前に手を差し出した。

「元気になったみたいで良かった。それじゃあ今度こそ出発しよう。スピナはきっと君も気に入るところだ」

「はぁいっ！　よろしくおねがっ……⁉」

突然リズはクロウに抱き上げられた。

ふわりと身体が浮いて、気づいた時にはアスランの背に乗せられている。

てっきり徒歩で目的地に向かうのだと思っていたのに。

クロウもアスランの背に乗り、優しく彼のお腹辺りを手で叩《たた》く。

「俺が後ろから支えているけど、アスランのたてがみにしっかり掴まって」

クロウが耳元で囁《ささや》いた途端、アスランが走り出す。

（わ、わわっ‼）

馬にも乗った経験がないリズは言われた通りアスランにしがみつく。

アスランは木々を避《よ》けながら拓《ひら》けた場所に出ると地面を蹴って翼を広げ、遂《つい》に空高く飛び立った。


初めてアスランの背中に乗った感想は、案外快適だった。

風の抵抗を受けて目を開けるのは難しいと思っていたがそうでもない。さらに言えば、断罪場所として立たされた崖の上よりも遥《はる》かに高いところを飛んでいるのにちっとも怖くない。

眼下には広大な草原が広がっていてぽつりぽつりと羊の群れが見える。草原を通り過ぎると、だんだん集落はなくなっていき、森や山が増え始めていった。

そしてリズとクロウを乗せたアスランが、徐々に高度を下げていく。

「ほら、あれがスピナの町だ」

リズは耳元で囁きながら前を指さすクロウの説明を受けて目を細める。

スピナは村と言った方が正しいような小さな町だった。新緑の木々の間から顔を覗かせる石造りの家。珍しい石を使っているのか薄桃色をしていて、山間の色と相まってとても美しく幻想的だ。

落ち着いた場所だが国境沿いとあって、町の北には堅牢な要塞が建てられている。クロウによると、国境沿いには教会の聖騎士団が配備されているので守りは万全らしい。

もともと隣国とは仲が良く、侵入してくるのは人間目当てに襲いに来る魔物がほとんどなのだとか。この百年で隣国との関係が悪化して戦争になったことは一度もない。

魔物は基本的に山間や森に棲《す》んでいるが国内に生息している数は少ない。理由は妖精の愛し子である聖女がいるためだ。魔物の大半は隣国との国境沿いに生息していて、特にスピナは他の国境よりも魔物数は多かった。

そして聖国の騎士団と違い、教会の聖騎士団は魔物に特化した戦闘に優れている。そのため、他の国境沿いよりも魔物が頻繁に出没するスピナ一帯は教会の警備管轄《かんかつ》となっている。

基本情報をクロウから教えてもらっていたら、アスランが町の手前で着陸した。

「アスランは良い魔物だけど、悪い魔物と信じて恐れる住人もいるから、ここからは歩きだ」

「分かった。アスラン、乗せてくれてありがとう！」

リズはクロウに地面へ降ろしてもらい、アスランに抱きついた。

アスランもお礼と言わんばかりにほっぺを舌で舐《な》めてくれる。

「あはは。くすぐったぁい」

「アスラン。先に要塞に戻って体を休めていてくれ。リズに町の中を案内してから向かうから」

アスランは頷くと再び空高く飛んでいった。

「さあ行こう。ソルマーニ教会は町の一番北、要塞の手前にある」

クロウに手を引かれてリズはソルマーニ教会を目指して歩き始めた。

町の中は王都よりも規模は小さいが活気があった。広場では市場が開かれていたし、パン屋さんからは香ばしい匂いも漂ってくる。洗濯場では主婦たちが手を動かしながら世間話に花を咲かせているし、子供たちも元気にその周りで遊んでいる。

（なんだか町自体が大きな家族みたいです）

率直な感想を心の中で呟きながら歩いていたら、いつの間にか並木道に差しかかる。

綺麗に整備された一本道。両サイドに植えられた木々は青々とした葉が茂っていて、もっと日差しが強くなれば木陰が役に立つだろう。

並木道を抜ければいよいよ教会が現れる。

リズは立派な建物を見て感嘆の声を上げた。

「わあ、あれがソルマーニ教会？」

「嗚呼。今からあそこの司教に会いに行く。良い人だからきっとリズを迎え入れてくれるだろう」

ソルマーニ教会は辺境地の教会といえど、地方都市のものに匹敵するほど立派な建物だった。礼拝堂はアルコース石で造られていて、アーチ状の大きな窓がいくつも並んでおり、窓には色とりどりのガラスが嵌め込まれている。

門をくぐって中に入ると修道院も併設されていて、さらには自給自足の生活ができるように畑も作られていた。

畑では作業をしている十代半ばの修道士がおり、日に焼けた肌に金褐色《きんかっしょく》の短い髪、つぶらな瞳は緑色をしている。

彼はこちらに気づくと、手を止めて挨拶をしてくれた。

「こんにちは、クロウ殿。本日はいかがされましたか？」

「やあ、ケイルズ。急で申し訳ないが司教はいるか？　この子を修道院に迎え入れて欲しいんだが」

ケイルズはクロウの視線を追いかけてリズを見る。

リズは前に出るとぺこりとお辞儀をした。

「こんにちは。リズです」

ケイルズはリズの頭のてっぺんから足のつま先までじっくりと観察する。それからリズとクロウを何度も交互に見て口を開く。

「ええっと。全然似てないですけど、この子はクロウ殿の隠し子ですか？」

「は？」

クロウは口を半開きにして目を見張った。

聖職者の結婚は教会本部に申請が必要で、勝手に結婚するのは御法度《ごはっと》だ。もし隠れて結婚、あるいは不貞行為をすれば破門になる。それは聖騎士でも同様だ。

「まだクロウ殿は十九歳のはずなのに、こんな大きな子供がいるなんて……」

ケイルズがあらぬ想像を巡らせるので、すかさずクロウが否定する。

「待て待て、違うぞ。というか小さい子に聞かせる内容じゃないし、この子は俺の子でもない。旅先で出会ったんだが、身寄りがないから引き取ったんだ。それで面倒を見てもらえないか司教に相談しようと思っている」

「あっ、そうだったんですね。とんだ勘違いをしてしまいすみません！」

ケイルズは脂汗を服の袖で拭って安堵《あんど》の息を漏らす。変な誤解が解けて良かったとリズもほっとした。

続いて背後から女の人に声を掛けられる。

「こんにちは。とっても可愛らしい子ね」

振り返れば、そこには籠を下げた修道女が立っていた。

年齢はリズの実年齢より五つくらい上だろう。亜麻色《あまいろ》の髪をきつくまとめ、橙色《だいだいいろ》の瞳をしていて、右目の下にほくろがある。

「メライア、ちょうど良いところに来てくれた。この子を教会で面倒見てもらいたいんだが、司教はいるか？」

「その話なら後ろで聞いていました。きっと司教なら快諾してくださいますよ。ケイルズ、クロウ様を司教室へお連れして。リズは長旅で疲れているだろうから、修道院で休ませるわ」

「分かりました。こちらですよ」

クロウはケイルズに案内されて礼拝堂の方へと移動してしまう。

（あ……クロウさんにお礼を言いそびれてしまいました）

樹海で倒れているところを助けてもらい、さらにはここまで連れてきてもらった。彼と出会わなければ今頃、樹海を彷徨《さまよ》っていただろうし、下手をすれば餓死《がし》していたかもしれない。

（いっぱい助けてもらいましたのに、私ったら全然お礼を言えていません）

しゅんと項垂《うなだ》れていたら、メライアがリズの肩の上に手をぽんと置く。

「クロウ様とはこれでお別れって訳じゃないから大丈夫よ。すぐに会えるわ。さあいらっしゃい」

「……うん」

リズはメライアに連れられて修道院へと歩いていった。

修道院の外観は礼拝堂同様立派だが、中はシンプルで親しみのある空間だった。昼過ぎというのもあるせいか、他の聖職者とは一人も遭遇しない。

最初に案内された場所は、綺麗に掃除された個室だった。右端にベッドがあり、その隣には窓が一つある。ベッドの反対側には机が置かれていて、その隣にはキャビネットもあった。

「今日からここがあなたのお部屋よ。私の部屋の隣だから、何かあればいつでも訪ねてきてね。トイレとお風呂は廊下の突き当たりにあるわ」

「教えてくれてありがとう。お姉さん」

するとメライアは相好《そうごう》を崩した。

「あら、私のことはメライアと呼んで。ケイルズもケイルズで良いわ。リズと同じくらいの子供たちからそう呼ばれているのよ」

「はい。メリャイア。……ごめんなさい、メライア」

普通に言ったつもりなのに舌がもつれて言い間違えてしまった。名前を言い間違えるなんて失礼だとリズは内心ひやひやする。

しかしメライアを一瞥《いちべつ》すると、彼女は頬に手を当てて何故《なぜ》だか嬉しそうにしていた。

「はあぁ、可愛い。……えっと、発音しにくい名前だから気にしないで」

メライアはそう言ってトイレやお風呂、脱衣室など、普段から使いそうな部屋を案内してくれた。その後、リズは指をもじもじしながら口を開く。

「あのね、メリャ……メライア。喉が渇いたから、お水をちょうだい」

「お水は食堂に行けばあるから一緒に行きましょうね」

始終頬を緩ませるメライアは、リズの手を引いて食堂へと連れていってくれた。

食堂は奥に厨房《ちゅうぼう》へ続く入り口があり、部屋の中央には長机と長椅子が並んでいる。壁際には食器棚があり、木製の食器類が綺麗に収納されていた。

「今は食事時じゃないから昼の残りしかないんだけど。まだたっぷりあるから用意するわ。食事は私が担当なの」

椅子に座るよう促されたのでリズは素直に席につく。

樹海からここに来るまでひとっ飛びではあったが、小腹が空くくらいには時間が経っている。折角なので好意に甘えさせてもらった。

「ねえ、メライア。ここには他に誰がいるの？」

「大きな教会にはたくさんの聖職者がいるんだけど、ここは辺境地だから。私と修道士のケイルズ、それから司教のヘイリー様の三人しか聖職者はいないわ」

「思ったよりも少ないね」

「あら、リズは都会の教会に行ったことがあるのかしら？　聖職者の数は都会に比べればとっても少ないけど、聖騎士の数は多いわよ。普段は要塞で任務に就いているからあまり顔を合わせないんだけど……確か二十人くらいね。クロウ様はそこの部隊の隊長をしているわ」

「クロウからも聞いたよ。隊長さんだなんて凄い」

するとと、メライアがこちらを向いて「ここだけの話だけど」と前置きをした。

「クロウ様個人も凄いけど、実は彼、アスティカル聖国の貴族であるアシュトラン伯爵家の人間なの。しかも嫡男だから正統な後継者よ」

リズはその名前を聞いてぴくりと身体を揺らした。

(アシュトラン……伯爵家……クロウ・アシュトラン)

フルネームを頭の中で呟いた途端、リズはあることを思い出した。

クロウ・アシュトラン——その名前は教会本部で何度か聞いた名前だった。

通常、貴族の子供なら聖国の騎士団に所属するか教会の聖騎士団でも第一部隊サラマンドラに所属する。それにもかかわらず、彼は第三部隊シルヴァに自ら志願した。

彼の腕ならサラマンドラの隊長も務まると聖騎士の誰かが話しているのを聞いたことがあったし、どうしてわざわざシルヴァに志願したのかリズは不思議だった。

(平和な聖国では戦争は起きません。シルヴァは魔物の討伐が多いみたいですし、もしかしてシルヴァに志願したのは戦闘狂……とか?)

しかし、思い返してみてもクロウに戦闘狂な印象はまったくなかった。寧《むし》ろ優しくて親切な人、というのがリズの印象である。

あれこれ思案していたら、いつの間にか目の前にはほわほわと湯気が漂うレンズ豆のスープとこんがりと焼かれた――少々焼きすぎたパン、ミルクが並んでいる。

メライアが厨房から持ってきてくれたようだ。

「冷めないうちに召し上がれ。お代わりもあるからね」

「ありがとう。いただきます」

リズはスプーンを手に取ると、スープを口に運んだ。

「……っ⁉」

「どう？　美味しい？　みんなからは不評なんだけど、都会暮らしのリズの口に合うんじゃないかしら？」

口に入れた途端、表現のできない味にリズは言葉を失った。

美味しそうな見た目とは裏腹にその味は期待を大いに裏切る惨事となっている。スープがたくさん残っている理由はこの味付けのせいだ。

しかもスープ皿の底から出てきたタマネギとニンジンは焦げついているのに、メインのレンズ豆はまだ煮えていない状態だった。

（……身体が小さくなってしまったからできることは限られていると思っていましたけど、料理くらいならやれるかもしれません。メライアに代わって私が料理をしましょう。ここに置いてもらう以上、何か役に立たないと）

舌に残ったスープの味をミルクとパンで消したリズはメライアに向き直った。

「メライア、もしかして料理を作るのは苦手？」

「うっ、それは……」

図星を突かれたメライアは顔を真っ赤にさせ、目を泳がせてから俯いた。

「あの、試しに私がレンズ豆のスープを作っても良い？」

「えっ？　だけど、小さなリズに厨房は危ないんじゃ……」

メライアはリズに包丁を持たせたり、かまどの火を使わせたりするのは危険ではないかと心配しているようだ。リズは首を横に振り、自信満々な笑みを浮かべる。

「ここに来るまで毎日料理を作っていたから包丁もかまどの火も平気。だから、まずは私の作るレンズ豆のスープを食べてみて。それから、今後どうするか判断して」

「そんなっ、小さいのに毎日料理をしないといけないなんて……」

眉根を寄せるメライアだったが少し考えた後、側《そば》で見守るのを条件に調理を了承してくれた。

そうと決まれば、リズはそそくさと厨房へと足を運ぶ。

身長が小さいので踏み台を借りて調理場に立ち、服の袖を捲る。

まずは調理台に残っていたレンズ豆をさっと水で洗ってからザルに上げて水気を切る。それからタマネギと皮を剥《む》いたニンジンをみじん切りにし、熱した鍋にオリーブオイルをひいてそれらを炒《いた》める。ある程度炒まったら水を入れて煮立たせ、ぐつぐつと音が鳴り始めたところでレンズ豆を入れて蓋《ふた》をする。

「この時、ずっと強火だとタマネギとニンジンが焦げついてしまうから、弱火にするよ」

「あっ、なるほど！　だから私の作るスープはあんな仕上がりになるのね」

メライアは、リズからどうして自分のスープが残念な仕上がりになったのかを教えてもらい納得する。またそれと同時にリズの手際の良さを見て感心しているようだった。

「あら、もう使ったまな板や包丁を洗い終えたの？　私が料理を作る時って結構時間が掛かるけど、リズはてきぱきしているわね」

「前に料理をしていたきょうか……場所では朝昼晩と五品作るように言われていたから」

「えっ⁉　五品も⁉」

聖職者の食事内容は通常であれば朝食がパンとスープ、そしてミルク、昼食は料理が二品とパン、夕食は料理が二品とパン、それからデザートと構成が決まっている。

しかし聖女であるドロテアは、大変な美食家かつ量より質にこだわる人で、彼女の健康面に合わせてリズは料理も担っていた。

（大司教様専属の料理人は元お城の料理人。その方に料理を一から教えていただきました）

メライアはかまどの前に立っているリズの小さな背中をしげしげと眺めた。

「……これまで一体どれだけ大変な思いをしてきたの」

メライアはリズの働きぶりを眺めながら暗い表情を浮かべ、ぽつりと呟いた。

しかし、当の本人はレンズ豆のスープの仕上げに集中していたため、まったく聞こえていない。

「最後に塩で味を調えて……」

リズはかまどから鍋を降ろすと、用意していたお皿にスープを盛りつける。

みじん切りしたタマネギもニンジンも柔らかそうで、レンズ豆はふっくらとしている。最後にパセリを散らせば完成だ。

「これを食べてみて。あ、熱いから火傷《やけど》には注意してね」

メライアはお皿を受け取って試食する。

まだまだ熱々の具材をスプーンで掬《すく》い、何度か息を吹いて冷ます。

やがてぱくりと口の中に入れた途端、メライアが唸《うな》り声を上げた。

「んーっ‼」

メライアは目を見開いてキラキラと橙色の瞳を輝かせた。

「嘘っ⁉　塩で味付けしただけなのに、こんなに野菜って美味しいの？　私が作ったレンズ豆のスープと食感も味も全然違うわ‼」

メライアはレンズ豆のスープの感想を言い、改めてリズの顔をしげしげと眺める。

「凄いのね」

リズは照れ笑いを浮かべた。

「えへへ。野菜は種類ごとに調理方法が異なるから。うま味を最大限に出せる方法で調理するのが一番なんだよ」

「そ、そうなのね。嗚呼、タマネギとニンジンが甘くって、レンズ豆がほくほくしてて……最高！　もう一杯お代わりしても良いかしら？」

メライアはあっという間にスープを平らげた。

ドロテアに料理を提供して『美味しい』という褒め言葉はもらっていたが、ここまで喜んでもらえるのは初めてだ。恐らく、相当美味しいご飯に飢えていたのだろう。

「まだあるからたっくさん食べてね」

美味しい美味しいと唱えるようにして食べてくれるメライアの姿にリズは目を細めたのだった。

第2章　リズの癒やしご飯

リズがスピナに来てから二週間が過ぎた。

王都から辺境の暮らしになって変わった点は、ゆったりとした時間の流れを肌で感じられるところだ。

王都の教会本部では毎日めまぐるしい一日を過ごしていたが、辺境のソルマーニ教会ではその日できることをすれば良いという方針なのでとてものんびりしている。

時間があれば畑の水遣《や》り、草むしり、聖学の勉強をするくらいで後は自由時間だ。必ずしなくてはいけないのは掃除と洗濯、朝のお祈り。そして——美味しいご飯を作ることだ。

（王都と違って、毎日良いお天気でとっても爽やかな朝です。今日もみんなを喜ばせる美味しいご飯を作れたら嬉しいですね）

小鳥のさえずりで目が覚めたリズは、窓の外を眺めながら先日の出来事を思い出す。


メライアがリズの作ったレンズ豆のスープを食べたあの日、彼女は興奮冷めやらぬ状態でリズをヘイリーがいる司教室へと連れていった。そして、リズの料理の腕がどれ程凄いのかを力説し、是非料理担当にと推薦してくれた。

『司教！　絶対絶対、リズに料理を作ってもらったら生活水準が何倍も向上します！』

リズはヘイリーとは初対面だったので、まずは自己紹介も兼ねて挨拶をした。

『はじめまして、リズです。よろしくお願いしますっ』

メライアを見ていたヘイリーがリズへと視線を落とす。

ヘイリーは面長な輪郭で細い目は榛色《はしばみいろ》をしており、白髪の交じった茶髪の初老男性だった。

『話は分かりましたが、こんな小さな子に厨房を任せるのは危ないのでは……』

難色を示すヘイリーにすかさずメライアが口を開く。

『これを召し上がっていただければ納得するはずです』

メライアは、手に持っていた水筒の蓋を開けてヘイリーの前へ差し出した。そこには、暖かな湯気がほわほわと立ち上るビーフシチューが入っている。

『これは？』

『今夜の夕食です。リズが一生懸命作ってくれました』

実はメライアの反応が嬉しかったリズは、夕食作りも買って出ていた。献立を尋ねたらビーフシチューを作る予定だというので材料のある場所を教えてもらい、すぐさま取りかかった。

牛肉の塊を二センチほどにスライスしてサイコロ状に切り、塩とこしょうを振る。ニンジンは皮を剥いて一口大に切り、タマネギとニンニクはみじん切りにする。アスパラガスは食べやすい長さに切る。

鍋にオリーブオイルをひいて中火で温めたら、牛肉の全面にこんがりとした焼き色をつけて取り出す。次にタマネギとニンニクを入れてしんなりするまで炒め、残りの野菜を加えてさらに炒める。そこに牛肉を戻し入れて赤ワインを加え、沸騰したら水を入れて蓋をする。弱火でコトコトと煮込み、最後に塩とこしょうで味を調えたら完成だ。

『きっと、美味しいはずだよ？』

『むうぅっ』

覗き込むようにしてヘイリーを見たら、彼は困った表情を浮かべて呻《うめ》いた。

『司教、リズの好意を無下にするおつもりですか？　早く召し上がってください』

メライアも急《せ》かすように水筒を口元へ持っていく。

『い、いただきます』

二人の勢いに押されたヘイリーは渋々といった様子で水筒を受け取り、口をつける。

『んんんっ？』

すると、途端に唸り声を上げて目をカッと見開く。

その声に驚いてリズはびくりと身体を揺らした。

（優しそうに見えますが、私を断罪した司教様たちのように厳しい人だったらどうしましょう）

始終びくびくしていたら、食べ終えたヘイリーがおもむろに口を開く。

『美味しい。こんなに素晴らしい料理を作れるなんてリズは立派なコックさんですね。嗚呼、こんなに美味しい料理を食べたのはいつぶりでしょう』

ヘイリーはリズの前にしゃがみ、朗らかな笑みを浮かべて頭を撫でてくれた。

どうやらこの教会にとって食事は最大の問題だったようで、まともに料理ができる人間が誰もいなくて困っていたようだ。

これまではメライアが料理を行っていたが彼女の料理スキルは壊滅的だった。ヘイリーとケイルズはメライアよりももっと酷《ひど》く、包丁を握るのもできないらしい。

『美味しいご飯が約束されるなら、リズに料理をお願いしましょう』

ヘイリーはそう言ってリズを教会の料理担当として任命してくれた。

『メライア、リズを休ませるんじゃなかったのか？』

するとそこに、苦笑しながら現れたのはクロウだった。

『クロウ！』

リズはクロウを見た瞬間、ぱっと顔を輝かせた。それからタタタッと小走りで近づいてクロウの手を小さな両手でギュッと握り締める。

『さっきはね、お礼を言いそびれちゃった。助けてくれてありがとう』

リズがお礼を言えば、クロウの顔がたちまちへにゃりと崩れた。そして握られていない方の手でリズの頭を優しく撫でる。

『当然のことをしただけだ。でも、どういたしまして』

リズにデレデレな表情を見せるクロウだったが、頭を撫で終えて気を引き締め直す。

『司教と今年の魔物の繁殖数について議論していたら、こんな時間になってしまった。仕事があるから俺は要塞に帰るよ』

『えー、帰っちゃうの？』

クロウに会い、助けてもらったお礼が言えて良かった。しかし、ここで別れるのは寂しい。

しゅんと肩を落として項垂れていたらクロウが膝立ちになり、両肩を優しく掴んで口を開く。

『非番になったらまた会いに来るから。それまで待ってて」

『……うん、お仕事頑張ってね』

第三部隊シルヴァは他の部隊と異なって常に魔物に備えて要塞で待機しなくてはならない。

リズは名残惜しい気持ちを胸に秘め、要塞へと帰っていくクロウを見送った。

（隊長という立場もあって、お休みを取るのは難しいんでしょうね。あれから一度も会えていません……）

リズは窓の外を眺めるのをやめ、布団に視線を落とす。

クロウと会えなくて寂しいが、ヘイリーたちが優しく接してくれている。お陰で生活はとても居心地が良かった。

何よりもみんなが〝美味しい〟と言って毎日喜んでご飯を食べてくれる姿は作り甲斐《がい》がある。

（みなさんのために、私にできることをやっていかないと）
料理が得意なリズは、ここに来てすぐにソルマーニ教会になくてはならない存在となってい
る。それなら、これからも美味しいご飯を届けたい。
「さて、今日も一日頑張ろう！」
ベッドからもぞもぞと起き出して両開きの窓を開けたら、爽やかな空気が風に乗って室内へ
入ってくる。
《リズ、おはようなの》
《おはようー》
すると、窓から水の妖精と風の妖精がひょっこりと顔を出した。二人は樹海で出会ってから、
ずっとリズについてきてくれていた。
「おはようみじゅの妖精さん、かじぇの妖精さん」
そして困ったことに毎回同じところで噛んでしまう。どうやら、長すぎると発音がスムーズ
に言えなくなる仕様のようだ。
（嗚呼、制約ですらすらと話せないのがもどかしいですね。……それなら）
リズは人差し指を立てて、これならどうかと口を開く。
「水だからアクア、風だからヴェント。これなら、すらすら言えるはず」
《どうしたの？》

《なにナー？》
「呼びやすいよう二人に名前をつけたの。どうかなぁ？」
勝手に名前をつけて嫌がられたらどうしよう。
恐る恐る二人の反応を窺《うかが》うリズ。すると、二人は目をキラキラと輝かせていた。
《わぁ！　リズに名前をつけてもらったの》
《やったー！　僕はヴェントー》
《私はアクアなの。私もあなたをヴェントって呼ぶの》
《じゃあ僕も君をアクアって呼ぶー》
二人が名前を呼び合っていたら、遠くからもう一つ、ふわふわと光る球体が飛んできた。
《おはよう。リズ》
目を擦《こす》りながらやって来たのはチュニックを着た、男の子の妖精だ。
「おはよう火の……じゃなくて、イグニス」
最後に現れたイグニスはこの教会の厨房で出会った。
リズは他の妖精たちとも交流を持っているが、この三人とは特に仲良しだ。そしてたった今、二人の妖精に名前をつけたので彼にも同じように名前をつけて呼んでみた。
突然イグニスと呼ばれた彼はきょとんとした表情を浮かべる。
《イグニス？　それって僕の名前？》

「うん。仲良しだし、名前をつけたの。気に入ってくれたら良いんだけどなぁ」
するとリズの言葉を受けてイグニスがぱあっと顔を綻ばせる。
《嬉しいよ。ありがとう！》
《僕たちもリズに名前をつけてもらったー。僕がヴェントで彼女がアクアだよー》
そう言ってヴェントが自分たちの名前をイグニスに紹介していたら、遅れてやって来たイグニスを見てアクアが頬を膨らませる。
《もうっ、イグニスったら寝ぼすけなの。もっと計画的に動くべきなの》
《そんなことないよ。アクアがせっかちなだけだよ！》
《はあ？　失礼なのっ！　行動が早いって言って欲しいのっ！》
ぷりぷりと怒る彼らは可愛らしいが激しさが増してはいけないので慌てて止めに入る。
「こらこら二人とも。角砂糖をあげるから喧嘩《けんか》しないで」
リズは机の上に置いてあった瓶の蓋を開けて角砂糖を一つずつ三人に手渡していく。
《わあい！　お砂糖!!》
妖精たちはぱっと笑顔になると、お礼を言って受け取った。なんの変哲もない角砂糖だが大好物のようなので、定期的にあげている。すると、角砂糖を大事そうに抱えるヴェントが思い出したように口を開いた。
《あ、大事な話を言い忘れてたー。もうすぐこわーい人が教会に来るから気をつけてー》

「怖い人？」
それはもしかして、教会本部の人間だろうか。子供の姿になっているので大丈夫だとは思うが自分が生きているのがバレてしまったらと、想像しただけで怖くなる。
不安な気持ちで胸がいっぱいになっていたら、妖精たちが口々に言う。
《リズは大丈夫なの。彼に近づいても問題なしなの》
《いざとなれば僕たちが守ってあげるー》
《問題は他の人たちだよ。ヘイリーでも打つ手がないよ》
「ええっと、ヘイリー様でも打つ手がないってどういうこと？　もう少し、分かりやすく教えて」
妖精たちが話す内容は時折曖昧で何を言っているのか分かりにくい。リズが詳しい事情を訊こうと説明を求めたが、彼らは角砂糖に我慢ができなくなったようだ。
《また後でねー》
「待って。どこに行くの？　ここで食べていかないの？」
妖精たちはリズの質問には答えず、そのまま行ってしまった。
「怖い人って……一体誰？」
まったく見当がつかないリズは、腕を組んで首を捻《ひね》るばかりだった。
思案したところで仕方がないのでリズは机の上に角砂糖が入った瓶を置き、クローゼットへと足を運ぶ。中にはフリルが可愛らしい生成り色のブラウスや、黒と白のチェック柄のスカートなど様々な服が入っていた。

これらはすべてメライアのお手製だ。料理が壊滅的な代わりに裁縫が得意で「可愛いリズのため」と言ってたくさん服を作ってくれた。

メライアが作ってくれた服の中から水色のワンピースを選んで袖を通す。顔を洗って身支度を調えたリズは、朝の祈りのために礼拝堂へと向かう。

「まあリズ！　今日は水色のワンピースを着てくれたのね。はあ、とっても可愛い～」

「昨日のジャンパースカート姿も可愛かったけど、今日も最高に可愛い！」

礼拝堂には既にケイルズとメライアが集まっていて、今日の装いを褒めてくれる。

「えへへ。ありがとぉ」

はにかみながらリズが席につくと、丁度ヘイリーがやって来た。

妖精たちが予告していた通り、思い詰めた様子のヘイリーが祭壇へと上がる。

「おはようございます。朝の祈りの前に、一つ報告があるので聞いてください」

ヘイリーは周囲をぐるりと見回してから深刻そうに言う。

「実は、昨夜遅くから第三部隊シルヴァの隊長であるクロウ・アシュトラン殿が修道院の離れ棟に隔離されています」

その話を聞いて、ケイルズとメライアの二人のうちのどちらかのヒュッと息を呑《の》む音が聞こえてきた。

離れ棟はどこの教会にも建てられていて、そこは伝染病に罹患《りかん》した人や魔物に攻撃されて重体となり、手の施しようがない人などが収容される、いわば隔離所だ。

顔を真っ青にしたメライアはヘイリーに質問する。

「クロウ様の容態は？　魔物の攻撃で重体なんでしょうか？　あまりにも酷いなら教会本部に依頼して、ある程度聖力がある司教以上の方に来ていただき、治癒してもらわなくては！」

リズは初めて耳にする内容に困惑した。

（魔物が人を襲うのは知っていましたけど、攻撃を受けて重体になると聖力がなければ救えないなんて知りませんでした。それに離れ棟が使われるほどなんて……クロウさんは大丈夫なんでしょうか）

教会本部にも離れ棟はあったが、使っているところは一度も見ていない。

しかしここは第三部隊シルヴァが最前線で国境を守っている辺境地。これまで過ごしてきた安全な王都と比べて逼迫《ひっぱく》している空気がひしひしと伝わってくる。

ヘイリーはゆっくりと首を横に振った。

「彼が受けたのは魔物の攻撃ではなく……〝死霊《しりょう》の接吻《せっぷん》〟です」

それを聞いたケイルズが慌てふためいた。

「死霊の接吻⁉　あれは持っても三ヶ月の命ですよ！　早く教会本部に連絡して司教様か聖女

様を派遣していただかなくてはいけません‼」

ますます分からない言葉が飛び交うので、リズは隣に座っているメライアの服の袖を引っ張って小声で話しかけた。

「メライア、〝死霊の接吻〟って何？」

「死霊の接吻っていうのはそのままの意味で悪い幽霊に接吻をされること。万が一、接吻されたらその人の元には他の死霊や悪いものが集まってくるの。影響はそれだけじゃないわ。日に日に生気がなくなって、眠ることも食べることもできない廃人になる。最後は死霊に魂を貪《むさぼ》り喰《く》らわれて二度と輪廻転生《りんねてんせい》ができないの。……この呪いを解くには、聖女様か聖力のある司教のお力が必要よ」

「ヘイリー様はどうなの？　彼も司教様だから凄いんでしょう？」

思ったことを口にすれば、メライアはなんとも言えない表情を浮かべて言葉を詰まらせた。

「……司教はお力のある方だったのよ。だけど、今の彼には死霊の接吻を解く聖力がないわ」

メライアは肩をすぼめて表情を曇らせ、そのまま口を噤んでしまった。力が使えなくなった理由があるようだが、これ以上追及するのは野暮な気がする。

諦めたリズは改めてヘイリーとケイルズの会話に耳を傾けた。

「教会本部には昨夜のうちに通信用の水晶を使って連絡を入れました。辺境地なので教会本部から誰かを派遣するにしても時間が掛かりそうです。念のため、近隣の教会も当たってみてくれるそうですよ」

とはいえ、辺境地周辺は司教の数が不足している。もし見つかったとしても、呪いが解けるほどの聖力の持ち主はいるだろうか。

「クロウ様の容態はどうですか？　死霊の呪いは強力であればあるほど、周囲にも不幸を招いてしまいます。私たちにも何かしらの影響はありますか？」

矢継ぎ早にメライアが尋ねるとヘイリーは肩を竦めた。

「まだ呪いを受けたばかりのアシュトラン殿の状態は軽いです。死霊の接吻を受けた者の側にいれば襲われる可能性が高いですが、アシュトラン殿は離れ棟で隔離されているので問題ありません。それに離れ棟には守護陣を施しているので、日中死霊は近づけないようになっています。問題は日が落ちてからです。闇の力が強くなれば、私の陣を破る強力な死霊が現れるかもしれません。陣を強化するためにも、聖水や塩を充分に準備しておく必要があります。二人とも、手伝っていただけますか？」

ヘイリーが尋ねればケイルズが勢いよく立ち上がった。

「当然、手伝うに決まってるじゃないですか！　クロウ殿はシルヴァを指揮していつもスピナを危険から守ってくれています。必ずお助けしなくては‼」

「ありがとうございます。それでは手分けして手伝ってください」

あらかじめ分担を決めていたようで、ヘイリーは二人に何をして欲しいのか手際よく伝えていく。

「ねえ、ヘイリー様。私は何をしたら良い？　クロウに助けてもらったから恩返ししたい！」

何も割り振られなかったリズは、できることはないか手を挙げて尋ねてみる。

「危ないのでリズはいつも通りに過ごしていればそれで良いですよ。あなたが作るご飯はみんなのためになりますからね」

ヘイリーは優しく微笑むとやがて、「まずは朝の祈りを終わらせましょう」と言って祭壇に聖書を置いて頁《ページ》を開いた。ケイルズとメライアは手を組んで目を瞑《つむ》る。

リズもみんなに倣ったが、内心ちょっぴりもやもやとしていた。

(うう、子供扱いされちゃいました。そうですよね……今の私は身体が小さいから、お荷物にしかならないです)

だが、自分だって何か役に立ちたい。

クロウはいつもスピナを魔物という危険から守ってくれている。ソルマーニ教会の一員なのに、自分だけ何もしないでいるなんて耐えられなかった。ヘイリーから紡がれる祈りの言葉に耳を傾けながら、リズは自分に何ができるのかを必死に考える。

ふと、隣にいるメライアのお腹からぐうぅという控えめな音が聞こえてくる。

朝一番の祈りの時間はみんな空腹でよくお腹が鳴る。

(朝のお祈りが終わったら、すぐに朝食の準備をしなくちゃいけませんね)

昨日畑で取れたばかりの新鮮な野菜はサラダにしよう。旬を迎えた野菜はきっと甘くて美味しい。それにケイルズが昨日町で買ってきた卵があるからとろとろのオムレツも作って……。

するとそこで、リズは心の中であっと声を上げて、思わず閉じていた目を開いた。

（ありました！　……私にも、できることがありました！）

ある考えが閃《ひらめ》いたリズは、頭の中であれこれと計画を立てる。これならきっと大丈夫だ。

すっかり興奮してしまったが祈りの途中であったのを思い出して、慌てて目を閉じる。今度はしっかりとヘイリーの祈りの言葉に耳を傾け、リズは天に祈りを捧《ささ》げた。

リズができること。それは呪いを受けてしまったクロウのために料理を作ることだった。

（きっと死霊の接吻を受けてからクロウさんはろくに食べていないはずです。食事を摂《と》るどころじゃなかったでしょうし。体力をつけるためにも、栄養のあるものを作りましょう）

朝食の後片付けを終えたリズは新しいエプロンに取り替えながら、クロウのためのレシピを考える。

（もしかすると、身体が弱っているかもしれません。旬の野菜をたっぷり使ったお腹にも優しい料理……シンプルに野菜スープを作りましょう）

メニューが決まったところで準備を始めていたら、窓の外から妖精たちが飛んで集まってきた。

《リズ今から何するの？》

《僕たちと遊ぼうよー》
《森にマッシュルームが生えてるから採りに行こう》
「ごめんね。今はちょっと手が離せないの」
眉尻を下げて謝ると妖精たちはどうして？と一斉に首を傾げた。
「離れ棟に隔離されているクロウのために美味しいご飯を作るの。呪いに立ち向かうにしても体力が必要だから」
理由を説明すれば妖精たちはふむふむと頷いた。
《じゃあ僕手伝う！　火加減なら任せて》
そう言ってイグニスがトンと自分の胸を叩く。
《イグニスが一人だけ抜け駆けしようとしてるのっ！　私も野菜を洗うのを手伝うの》
《じゃあ僕は材料を運ぶのを手伝うよー》
アクアもヴェントも手を貸してくれるようで、リズはにっこりと微笑む。
「ありがとうみんな。後で角砂糖をあげるね」
三人はわーいわーい、と歓声を上げながらリズの周りを飛び回り、作業を手伝ってくれた。
まずはヴェントに必要な野菜を野菜箱から洗い場まで風を使って運んでもらい、次にアクアに水で洗ってもらう。
リズは踏み台に乗って包丁を手に取ると、調理台の上に運んでもらった野菜の下処理を終わらせてから切り始めた。ニンジンを乱切りにして、タマネギとニンニク、筋をとったセロリをみじん切りする。ベーコンは食べやすいサイズに切る。

イグニスにかまどの火を熾してもらい、鍋にバターを入れて温まって溶けたらタマネギとニンニク、ベーコンを入れて炒める。

タマネギとニンニクが飴色《あめいろ》になった頃合いで小麦粉を入れ、粉っぽさがなくなるまでさらに炒め、白ワインを加えて沸騰《ふっとう》させてから水も加える。

ぐつぐつと煮立ってきたらニンジンとセロリを入れて蓋をする。火を弱めてもらい、じっくり煮込んでスープがとろりとしたら、最後に塩とこしょうで味を調えて完成だ。

味見で一口食べてみたら、タマネギの甘みとセロリの風味がアクセントになっていて美味しい。全体的に優しい味がして、空っぽになっているお腹には丁度良さそうな仕上がりになった。

「早速スープを届けに行こう！」

お玉を使って慎重に水筒へ移してから蓋をして、バスケットに入れる。空いているスペースにパンと皿、スプーンも収納した。

両手でバスケットの持ち手を掴んで持ち上げようとすると、思った以上に重量がある。

（ううっ。どうしましょう、今の私の腕じゃバスケットを運べそうにありません）

足下がふらついていたら、突然バスケットが羽のように軽くなった。

《重たいだろうし、水筒の中身がひっくり返ってリズが火傷したら大変ー。だから、僕が浮か

せてあげるよー》

「ありがとうヴェント！」

ヴェントの計らいによって、リズは軽くなったバスケットを持って離れ棟へ歩いていく。

ところが、厨房の裏勝手口からこっそり出ようとしていたら、食堂からひょっこりとケイルズが顔を出した。

「リズ、喉が渇いたからお水をもらえるかな？」

「ひゃっ！　ケイリュズ」

突然の訪問にびっくりしたリズはケイルズの名前を言い間違えた。

慌てて口元を手で押さえるリズ。

しかし、ケイルズはリズの反応が可愛かったので間違えられても気にしていない。寧ろほうっと溜め息を吐き、メロメロになっていた。

その間にリズは、ケイルズから見えない位置にそっとバスケットを隠す。

「びっくりさせちゃってごめんよ」

謝ってくるケイルズに平気だと告げたリズは、コップにお水を入れて手渡す。受け取ったケイルズは一気にそれを飲み干した。

「ふう、ありがとう。喉も潤ったしもう一踏ん張りしてくる」

「頑張れぇ、ケイルズ！」

両手を挙げてリズが応援したら、ケイルズは額に手を当てて天井を仰いだ。

「す、凄《すさ》まじい破壊力‼　ありがとう、頑張る。今日も美味しいご飯を期待しているよ。あと、何かあったら大変だから離れ棟には近づかないでね」

「はぁい」

ケイルズが手を振りながら帰っていった後、リズは今度こそ厨房の裏勝手口から外へ出る。その両手にはヴェントの魔法で軽くなったバスケットが握られていた。

（離れ棟に近づいてはいけないと言われましたが、クロウさんは死霊の接吻を受けてまだ日も浅いです。日中は守護陣のお陰で死霊も離れ棟へは近づけません。まだ大丈夫なはず……）

黙って離れ棟へ行く後ろめたさを感じながらも、クロウへの恩返しをしたいリズは歩き始めた。

教会敷地内とはいえ、離れ棟までは結構な距離がある。

ヴェントが手伝ってくれなければ、絶対にスープを無事には運べなかっただろう。さらにヴェントはケイルズとの話を聞いていたようで、人気のない道を選んで案内してくれた。

万が一、ヘイリーたちの誰かに遭遇して離れ棟へ向かっているのが知られてしまったら、言い訳が難しい。

きっと心配されて修道院へ戻るように諭される。しかし、頼もしい味方がいてくれるお陰でリズは無事に離れ棟に辿り着いた。

離れ棟は石と木材でできた、平屋の落ち着いた造りだった。異様なのは、その建物を中心に石灰で丸い白線が引かれている点だ。円の内部には見たこともない数字や文字が書き込まれていて、扉や窓など入り口というすべての場所に同じものが書かれていた。

恐らく、ヘイリーが施した守護陣だろう。

「これ、踏んで消えたら効果がなくなっちゃうね」

線や文字を踏まないように慎重に避けながら玄関に辿り着き、リズはふうっと一息吐いてから改めて気を引き締める。

これから行く場所は病人や怪我人がいる場所ではない。

呪われてしまったクロウがいるところだ。死霊の呪いは強力であればあるほど、周囲にも不幸を招いてしまう。

だが、妖精たちはリズなら大丈夫だと言ってくれた。その言葉を信じ、少しでもクロウの心と身体を癒やすためにリズはここに来た。

（教会のみなさんができなくて私にならできることです。私がやらなくちゃいけません）

リズは玄関扉に取りつけられている閂《かんぬき》を引いて扉を開き、意を決して棟の中へと足を踏み入れた。

玄関ホールに入ると、すぐ隣には小さな礼拝堂と集会場のような部屋が二つあり、奥には廊下が続いている。廊下は右手に窓があり、左手に病人を収容するための部屋が三つ設けられていた。もともとスピナの人口が少ないため、部屋数もそれほど多くないようだ。

手前の部屋の扉は開いていて、中を覗いてみるとベッドが二つ置かれている。

（クロウさんは、どこの部屋を使っているでしょう？）

リズは部屋を確認しながら廊下を歩き始めた。

まだ午前中で窓の外から日が差しているにもかかわらず、室内はじめじめしていてどことなく薄気味悪い雰囲気が漂っている。

さらにそれを助長させるように、呻くような人の声が奥から響いてきた。

その声を聞いた途端、たちまち後悔の念が押し寄せてきた。

クロウのために自分ができるのは美味しいご飯を振る舞って心と身体を癒やすこと。それしかないと思っていた。しかし、たった今聞こえてきた呻き声からして、クロウは食べられる状況ではない気がする。

これはリズの独りよがりで、彼にとっては迷惑だったのではないかという考えが頭を過《よぎ》る。

（私の好意は余計なお節介だったかもしれません）

立ち止まって物思いに耽《ふけ》っていたら、ついてきてくれた妖精たちが心配そうに声を掛けてくれた。

《リズどうしたの？》

《大丈夫ー？》

《怖いなら帰る？》

「張り切って料理を持ってきたけど、迷惑だったかなぁ……」

俯いて胸のうちを吐露《とろ》すると、アクアが額をよしよしと撫でてくれた。

《大丈夫なの。これはリズにしかできないことだから。早く届けてあげて》

「……うん」

アクアが励ましてくれていると、不意に風が側を通った。窓が開いているはずもないのに、髪とスカートがふわりと揺らめく。

何が起きたのか分からず戸惑っていたら、いつの間にか隣に誰かが立っている。

「きゃああっ！」

びっくりして叫び声を上げると同時に、リズはぺたんと尻餅をついてしまった。

軽くパニックを起こせば、隣に立っていた人はリズと同じ目線になるようにしゃがんでから優しい声を掛けてくれる。

「大丈夫だ、何も怖くない」

聞き覚えの声に反応したリズはぱっと顔を上げた。

「――ク、クロウ‼」

リズはクロウの名前を呼んだが、彼の様子を見て言葉を失った。

クロウの顔色は悪く、目の下にはクマができている。樹海で出会った時の溌剌《はつらつ》さが微塵《みじん》もなく、疲弊しているのが一目瞭然《りょうぜん》だった。

クロウは生気のない目を細めた。

「怖がらせてしまってすまない。誰も入ってこないと聞いていたのに気配がしたから、悪い何かが入り込んできたのかと思って様子を見に来たんだ」

「……そっかぁ」

痛ましい姿に心を痛めるリズは声を絞り出して答える。

「それにしてもリズ。君はここに来てはいけない。危険な場所だから早く出ていくんだ」

クロウは尻餅をついているリズを抱き上げてから、ゆっくりと床に降ろして立たせてくれた。

「危険な場所だって分かってるけど、クロウの役に立ちたくて」

「俺の役に立ちたかった？」

尋ねられてリズはこっくりと頷いた。

「うん。それで私――」

すると、リズの言葉を遮るように奥の部屋からまたあの呻き声が聞こえてきた。

おどろおどろしい声にリズが立ち竦んでいたら、クロウが安心させるように優しく頭を撫でてくれる。

「向こうに敵がいる。俺が必ず守るからリズはここにいて」

「敵って死霊？　クロウ一人で戦うなんて……」

とても疲弊しているから難しいのではないか。

明らかに体調が悪そうなのに、この状況下でクロウが死霊と戦うのは分が悪い。

どこかへ逃げるようにリズが提案しようとするが、目を離した隙にクロウの姿は消えていた。

声のする方へ頭を動かしたら、クロウが部屋の中に入っていく姿が見える。

「待って！」

リズはバスケットを持ち上げ、クロウの後を追いかけた。

呻き声のする部屋に到着したリズは、開かれた入り口から部屋の中を覗き込む。部屋には黒い人影のようなものがいくつも現れていて、呻き声を上げながらクロウの周りを彷徨っていた。

初めて見る恐ろしい生き物に、リズは困惑した。

「あれは一体何⁉」

《あれは死霊の怨念《おんねん》――影と呼ばれるものだよ。ここには守護陣が張られているから死霊自体は入り込めない。だけど影を飛ばして、死霊の接吻を受けた人間を弱らせるんだ》

イグニスが説明してくれたところで、丁度影が一斉にクロウに襲いかかる。

「悪いな。俺はまだおまえたちに魂を喰われる訳にはいかないんだ」

クロウはピストルを構え、弾丸を黒い影に撃ち込んでいく。

弾丸を撃ち込まれた影はつんざくような悲鳴を上げながら跡形もなく消失する。だが、その悲鳴はガラス窓に爪を立てて引っ掻くような音で、リズは堪らず両耳を塞いだ。

その間もクロウは顔色一つ変えずに的確に影を仕留めていき、漸く最後の一体が消失した。

「……一旦退いたか。日が落ちれば死霊が集まって、そのうち守護陣を破って中に入り込んできそうだな」

クロウは舌打ちをしながらリボルバーに次の弾丸を装填する。だが、指から弾丸が床に滑り落ちると同時に、彼はその場に蹲《うずくま》ってしまった。

「クロウ‼　しっかりして‼」

リズは慌ててバスケットを持ち、クロウの元へと駆け寄った。

額には珠《たま》のような汗を掻き、息遣いは荒い。先程よりも顔色がさらに悪化している。

名前を呼んだらクロウはゆっくりと顔をこちらに向けてきた。

「リズ、どうして追ってきたんだ？　ここは最も死に近い場所。一緒にいれば君も危険な目に遭う。早くここを離れるんだ」

「やだっ、今はクロウが心配。何かして欲しいことはある？」

リズが尋ねるとクロウは少し困った表情を浮かべた。

「君みたいな小さい子に頼む内容じゃないが……立ち上がるのを手伝ってくれないか。さっきの戦闘で体力を消耗してしまって、身体が鉛のように重いんだ」

「分かった。任せて」

リズは一旦バスケットを床に置いてクロウに手を貸した。

さりげなくヴェントが力を使って補助をしてくれたお陰で、彼をベッドに座らせられた。

「ありが、とう」

途切れ途切れにお礼を言うクロウに胸を痛めていたら、アクアがバスケットを指さした。

《リズ、スープを飲んだら元気になるかもなの》

リズはハッとして視線をバスケットへ向ける。

「そうだ。私、これを届けに来てたんだ」

リズはバスケットから水筒を取り出して、深めの皿にスープをよそう。

熱々の鍋から水筒に移したばかりなので、まだスープからはほわほわと湯気が立ち上ってい
た。ベーコンのスモーキーな香りとセロリの独特な香りが室内に立ち込める。

リズはベッド脇のテーブルの上にスープとパンを置き、スプーンを差し出した。

「これを食べて。きっと元気になるよ」

にっこりと微笑むリズに対して、クロウは困惑する。

「気持ちは大変ありがたいんだが……」

「クロウ、呪いに打ち勝つには体力がいるのよ。だから食べて！」

リズは真剣な面持ちで身を乗り出すようにして訴える。

それでもクロウは困った表情を浮かべるだけで、手を動かそうとしなかった。

大変な目に遭って食事も喉を通らないのかもしれないが、せめて一口だけでも食べて欲しい。

「せめて一口、一口で良いから」

リズが必死に何度も訴えると、とうとうクロウが根負けした。

「……分かった。じゃあ、一口だけ」

クロウはリズから木製のスプーンを受け取り、細かく刻まれたタマネギやベーコンを掬って口へと運ぶ。

「んんっ⁉」

すると突然、クロウが口元に手を当てて唸り声を上げたのでリズはびくりと身体を揺らした。

（もしかして口に合わなかったのでしょうか）

指をもじもじとさせて俯いていたら、クロウが声を上げた。

「これは……もの凄く美味いな！　野菜の甘みとベーコンから出たコクがスープに移って実に美味い」

「本当？」

嬉しい感想を聞いてぱっと顔を上げる。クロウの皿は既に空になっていた。

驚きつつも、リズはクロウにお代わりするかを尋ねる。

「まだ、たくさんあるよ。食べる？」

「嗚呼、是非いただこう」

先程まで生気のなかったクロウの瞳には光が宿り、幸せそうな表情でスープをたくさん食べてくれている。リズはその様子に心の底から安堵した。

スープもパンも完食し、クロウはリズの頭を撫でながらお礼を言ってくれた。

「ありがとう。リズがご飯を持ってきてくれたお陰で、少し気持ちが楽になった。気分が沈んでいたけど元気になれた」

リズはじっとクロウを眺めた。先程よりも血色が少し良くなっている。魂を吸い取られそうな程に弱っていた生気も、今は活力が戻っているように見える。彼が元気を取り戻したのは本当のようだ。

「えへへ。喜んでもらえて嬉しい。また作って持ってくるね」

「えっ？」

クロウは一瞬、リズが発言した内容を理解するのに時間が掛かった。だが、それを理解すると肝を潰した。

「まさか、このスープを作ったのはリズなのか？　俺はてっきり町で買ったものを持ってきてくれたとばかり思っていた。……改めてありがとう。本当に美味かった」

リズが褒められて面映ゆい表情を浮かべる一方で、クロウの表情が険しくなる。

「だけどリズ、危険を冒してまでご飯を運ぶのはだめだ。司教の顰蹙《ひんしゅく》を買うかもしれない」

どうやら、こっそりここに来たことはクロウにバレてしまっているようだ。

考えてみればそうだろう。ヘイリーが聖職者でもないリズをわざわざクロウの元へ使いに出すなんておかしい。

リズは顔を真っ赤にして俯く。

「でも。でも……」

「違いますよ、アシュトラン殿。リズにご飯を作って運ぶよう頼んだのは私なんです。他の聖職者は私を含めて手が空いていなかったので。叱るならどうぞ私を叱ってください」

廊下から声がして振り返ったら、いつの間にか柔和な表情を浮かべたヘイリーが部屋の入り口に立っていた。

クロウはヘイリーの話を聞いて眉間に皺を寄せる。

「そうだったのですか。しかし、こんな場所へ小さな子を使いに出すなど筋違いでは？」

「仰《おっしゃ》る通り。だから私も後を追ってここに来ました。いくら死霊の接吻を受けて日が浅いとはいえ、襲われる可能性もありますからね」

ヘイリーは反省するように目を閉じ、クロウに詫《わ》びた。

リズはヘイリーに見つかってしまって内心焦っていた。

（どうしましょう。私を庇《かば》ってくださいましたが、ヘイリー様の顔が怖くて見られません）

普段温厚なヘイリーに怒られるのは何よりも怖い。

リズは彼と目が合わないよう視線を泳がせた。

「……リズ」

「ひゃ、ひゃいっ！」

リズは上擦った声で返事をしてヘイリーの顔を見た。

「私はアシュトラン殿と話があるので先に修道院に戻ってください。バスケットは私が持っていきます。あと帰る時、守護陣を踏んで消さないように気をつけてくださいね」

「はい、ヘイリー様」

リズはヘイリーに言われるがまま離れ棟を後にした。

守護陣から出たリズは、離れ棟を一瞥してから修道院に向かって歩き始める。

（さっきはクロウさんがいたから、ヘイリー様は私を叱れなかったんだと思います。後で呼び出されて叱られてしまうかもしれません）

しゅんと肩を落として歩いていたら、ずっと側にいるアクアが話しかけてきた。

《リズ、影を寄せつけないように私が建物内を浄化しておいたの。だからもう影は部屋の中には入ってこれないの》

「え⁉」

その話を聞いてリズは目を丸くした。

水に浄化の力があるのは聖学で学んでいたが、それが水の妖精の力にも適用されるなんて思ってもみなかった。

「これなら、クロウが影に襲われる心配がないね。凄いね、アクア！」

《リズが喜んでくれるなら、当然私は力を貸すの。これくらい朝飯前なのっ》
えっへんとアクアが胸を張ると、今度はヴェントが口を開いた。
《アクアのお陰もあるけど、彼の生気が戻ったのはリズのご飯のお陰だよー》
「そうなの？」
首を傾げると今度はイグニスが口を開く。
《リズが作るご飯を食べれば食べるほど、彼は呪いに打ち勝てるようになる。だから毎日欠かさずご飯を持っていってあげて》
お腹が空いたら悪い方向にばかり意識が向いてしまうし、体力も落ちてしまう。ご飯を食べれば心は満たされて前向きな考えができるようになる。
（イグニスの言う通り、クロウさんには少しでも元気になってもらって、聖力を充分持つ司教様がいらっしゃるまで持ちこたえてもらわないといけません。そのためにもヘイリー様にきちんとお話しして、離れ棟へ行くお許しをいただかないと）
リズは胸の前で拳を作ると、これからもクロウのために美味しいご飯を作ろうと思った。

◇

クロウは今回ほど自分の失態を悔いたことはなかった。

辺境地であるスピナ周辺は魔物ばかりが出没する。その思い込みに囚《とら》われてしまったせいで死霊に対する備えが不充分となり、悲劇を招いてしまった。

聖騎士団第三部隊シルヴァは要塞で暮らしていて、山から魔物が人里へ下りてこないか常に監視する。そして、有事の際は戦うのが役目だ。

人や物が行き交う交易路であればもっと魔物対策や道の整備に投資がいくだろうが、あいにくここは辺境地。接している隣国とは別ルートで交易路が確保されているし、そちらは商業都市が多く栄えているのでわざわざスピナを通って隣国へ向かう者はほとんどいない。

それに夏の初めは魔物の動きが活発になるので山間を抜けて隣国へ行く人間は極めて少なくなる。

当然ながら、シルヴァは活発になった魔物の討伐に向けて対策を練っていたのだが、その矢先に教会本部から調査依頼がクロウの元に届いた。

内容は、国境沿いにある廃墟《はいきょ》に禍々《まがまが》しいものが棲みついていないか調査して欲しいというものだった。人が住まなくなった邸は邪気が滞りやすく、魔物たちの住処《すみか》になりやすい。数年に一度、シルヴァが魔物の巣がないか調査を行い、あれば駆除《くじょ》する流れになっていた。

依頼書を確認したクロウは禍々しいものが魔物だと思い込んだ。だから魔物から受けた傷や毒に効く薬草やきのこを樹海で採り、備えを万全にして廃墟へと向かった。

ところが、副隊長のマイロンも含めて十数人で廃墟を訪れてみると、そこにいたのは魔物でなく女の死霊だった。

通常、幽霊は充分な聖力がなければ視認できない。しかし、怨念が積もりに積もった死霊の場合は聖力を持っていなくても認識できる。クロウを含む全員が死霊の姿をとらえていた。

長い髪を振り乱し、落ち窪《くぼ》んだ眼窩《がんか》の底で、激憤の炎を燃やしている。

女はこの世に未練があると同時に怨恨《えんこん》を抱いているようで、生きている自分たちに気づいた途端、襲いかかってきた。

一つ、ここで説明をしておくと魔物と死霊の倒し方は真っ向から異なる。

魔物は額にある核と呼ばれる部分を破壊するか頸《くび》を落とすことで討伐ができる。対して、肉体を持たない幽霊に有効なのは塩の弾丸を霊体に撃ち込むこと。

禍々しいものが魔物だと思い込んでしまっていたせいで、シルヴァの隊員たちは拳銃を持っていたが塩の弾丸を充分用意していなかった。そのため前線で戦っていた隊員の一人が弾切れを起こして死霊に襲われそうになった。

クロウは隊員を庇いつつ、塩の弾丸を霊体に撃ち込んだが相打ちとなり、死霊の接吻を頬に受けてしまった。

死霊は狂気に満ちた瞳で薄気味悪い笑みを浮かべていた。

《あはははは！　聖騎士、ざまあないわね。あんたも私と同じように苦しむと良いわ。あいつに呪いを掛けられなかったのは残念だけど、あんたに呪いを掛けられたんだから少しは満足

よ。……早くあいつが玉座から転がり落ちるのを祈っているわ。だってあそこは——私の居場所だったんだから……》

死霊はそう言い残して跡形もなく消失してしまった。

クロウは最後の言葉が妙に引っかかったが、一刻を争う状況だったのですぐに下山してソルマーニ教会へと駆け込んだ。

死霊の接吻を受けた人間は、死霊などの悪霊を引き寄せる体質になると言われている。放って置けば、呪いを受けていない周りの者にまで累《るい》が及ぶので先を急いだ。

深夜に教会を訪問したにもかかわらず、ヘイリーは事情を知るや否や、すぐに離れ棟へ案内して、さらには守護陣を施してくれた。

守護陣があるのだからこれでましになるだろうと、クロウは高を括っていた。

しかし、ヘイリーの守護陣は死霊の侵入を防げても影の侵入は防げなかった。影が窓の隙間から幾度となく入り込んできては魂を貪り喰おうと狙ってくる。

ヘイリーから万が一に備えて塩の弾丸を袋いっぱいにもらっていたが、すぐに役に立つ事態となった。

次々と忍び寄る影に塩の弾丸を撃ち込んで倒していく。そうこうしているうちに夜明けになり、太陽が顔を見せ始める。日が差せば影の活動も弱まると思っていたが影の数が少し減っただけで状況は芳《かんば》しくなかった。

（まだ一日も経っていないのにこの有様とは。あの死霊の怨念は相当だったらしいな。司教の聖力が万全なら、こいつらが入り込む余地はなかっただろうが、今は考えても仕方がない。……問題は俺の体力がいつまで持つかだ）

死霊の接吻を受けた人間は日に日に生気がなくなって眠ることも食べることもできない廃人になると言われている。まだ寝なくても平気だが問題は食事だった。体力をつけるために携帯用の干し肉を口に含んだら身体が受けつけず、吐き戻してしまった。早速呪いの洗礼を受ける形となり、その後もドライレーズンで試してみたが無理だった。

空腹のままでは思考が鈍《にぶ》って素早い判断ができなくなってしまう。思い悩んでいたら、部屋の外から何かが入り込む気配がする。腰に剣をさし、ピストルに塩の弾丸を込めてから廊下へと向かう。すると、そこには小さな女の子――リズがこちらに向かってきていた。

離れ棟なんて言葉を耳にしただけでも恐ろしいというのに、わざわざリズは自分のためにご飯を持ってきてくれた。

しかし、身体は既に食べ物を受けつけなくなっている。折角危険を冒してまで届けてくれたが、リズの行動は無駄足を踏むだけになってしまった。

リズからは食べるよう勧められたが、吐き戻している姿は情けなく、見られたくなかったので断った。

だが、必死に訴えるリズの姿はいじらしく、とうとうクロウはスープを食べてみた。

するとどうだろう。

不思議なことにスープはするすると喉を通っていった。野菜を噛んでいる間も吐き気はもよおさないし、パンだっていつも通り美味しく食べられた。

クロウは夢中になってスープを食べ、漸く空腹を満たせた。

これほど心に染みるご飯を食べたのはいつぶりだろう。

伯爵家に生まれてなんの苦労もせずに生きてきたと思われがちだがそれは違う。アシュトラン家の家庭環境は最悪も最悪だった。愛人に溺れる父と嫉妬に狂う母。居心地の悪い邸で食べる食事は砂を噛むようなものだった。

（そう言えば教会本部で一度、洋梨のタルトを食べる機会があったが……今みたいに美味かったな）

あれは丁度半年前、教会本部へ招集された時だった。あの時は突然招集を掛けられて不眠不休で要塞から教会本部へ向かったため、何かを食べる余裕もなかった。

なんとか時間には間に合ったが、目的の会議場まで辿り着けず困り果てていると、籠を提げた素朴な少女がこちらに気がついて話しかけてくれた。事情を説明すれば、彼女は親切にも道案内をしてくれた。

移動中、彼女がずっと大事そうに籠を提げていたのでなんとなく中身を尋ねたところ、大司教のために焼いた洋梨のタルトが入っていると答えてくれた。それから何を思ったのか、味見

と称して一切れ分けてくれた。

最初は丁重に断ったが、しっとりとした梨とアーモンドが香るタルトを目の前にして、これ以上空きっ腹を我慢させられなかった。

行儀は悪いが立ち止まって一切れ食べると、それは大変美味だった。

コンポートされた梨は舌の上で蕩《とろ》けるように甘く、タルト生地のアーモンドプードルのほろほろとした食感とよく合っている。梨は聖国で食べられる定番フルーツの一つなので、もちろんそれを使ったお菓子は伯爵家でも出されていたし、食べた経験もある。

それなのに今までにないくらい感動したのはこれが初めてだった。

美味しいと伝えれば、少女ははにかみながら自分の自信作だから褒めてもらえて嬉しいと言っていた。

なんとなく彼女のことが気になって名前を尋ねようとしたが、丁度別部隊にいる知り合いの聖騎士に呼ばれたのでそのまま名前を聞かないまま別れてしまった。

（何故……あの少女の記憶が蘇《よみがえ》ったんだろう）

そこでふと、クロウはリズがあの少女と似ていることに気がついた。あの少女と同じシルバーブロンドの髪と青い瞳。見た目もどこか似ている気がする。恐らくそれで思い出してしまったのだろう。

あの時出会った少女の腕は相当だったと思う。しかし、それよりも驚くべきはリズの方だ。

何故なら、届けてくれたご飯を作ったのはリズだというのだから。

（リズは七歳くらいの子供。それなのにもう料理ができるなんて驚きだ。味付けは優しく、労《いたわ》ってくれているのがよく分かった。こんな危険な場所に単身乗り込んできたのには感心しないが、俺を思ってのことだろう……）

とはいえ、リズの安全のためにもきちんと忠告はしておかなくてはいけない。

クロウが危険な場所に来てはいけないとやんわりと注意したら、リズは自分の取った行動が良くないことだと充分理解しているようだった。

きつく責めるつもりはないが、万が一自分が目を離した隙に死霊や影に襲われでもしたら彼女を守れない。

あんなに小さな子がまた苦しむ環境に置かれるなんて、クロウには耐えられなかった。

クロウがリズを心配していたら、いつの間にかヘイリーが現れた。

彼はリズがここに一人で来たのは自分がお願いしたからだと言った。それを聞いて最初は怒りを覚え、彼のやったことに口出ししたが、リズをよく観察すると後ろめたそうに視線を泳がせている。その様子を見て、彼がリズを庇っているのだと悟ったクロウはそれ以上何も言えなくなった。

ヘイリーはリズに修道院へ帰るよう言いつけて部屋の扉を閉める。

クロウは息を吐くと、改めてヘイリーに感謝の意を述べた。

「この度は教会の扉を開いていただきありがとうございます。あなたでなければ、きっとこんなにも早く対応はしていただけなかったでしょう」

「そんなことありません。聖職者たるものこれくらい当然ですよ。今、ケイルズとメライアに清めの塩と聖水を準備させています。今の私が保有する聖力だけでは心もとないので、それらを使って守護陣を強化しておきます。それと、塩の弾丸を追加で届けに来ました」

「ありがたくいただきます」

手元にある残り数が少なかったので、この差し入れは非常にありがたい。何から何まで手を尽くしてくれるヘイリーにクロウは頭が下がる思いだ。

腰のベルトにつけているケースに弾丸を収納していたら、ヘイリーが指をさして尋ねてきた。

「ところでアシュトラン殿、ポケットから出ているそのチェーンは？」

クロウはポケットに入っているものの存在を思い出して、あっと声を上げる。

「そうだ。これを司教にお見せしようと思っていました」

ポケットから出したあるもの――それは錆《さ》びてしまったオーバル形のロケットペンダントだ。

これは死霊が消えた場所に落ちていたもので、何かの手がかりになると思い持ち帰っていた。

「表面は錆びていますが、中の状態はそれほど悪くありません。廃墟内のものと比べると古いものではないようです」

クロウはロケットペンダントを開いて中に描かれている絵をヘイリーに見せた。そこには若い女性の肖像が描かれている。茶色の髪に青い瞳をしている彼女は優しく微笑んでいた。

「死霊が生前に持っていたものだと思います。この絵の女性に見覚えはありますか？」

クロウはヘイリーの様子を窺った。

この絵の女性がスピナの住人なら、持ち主である死霊もここ近辺の住人に違いない。彼女がどこの誰なのかが判明すれば、亡くなった原因も突き止められるだろう。

クロウが期待に胸を膨らませているとヘイリーから意外な言葉が返ってきた。

「……絵を見る限り、この女性はスピナの住人ではありませんね。これは憶測ですが死霊は生前、どこかで人攫いに遭って、廃墟に連れ込まれてしまったのかもしれません。ところで彼女の亡骸《なきがら》はありましたか？　まだあるのなら安らかに眠らせてあげたいのですが」

「いいえ、亡骸は見当たりませんでした。さらに言うと、死霊を倒した直後に廃墟が崩れてしまい、我々も命からがら脱出しましたので、もし亡骸があったとしても、もう救い出せません」

「そうですか。では廃墟のある方角に向かって後でお祈りします」

物憂《ものう》げな表情のヘイリーは胸の上に手を置いて目を伏せる。

クロウはロケットペンダントの蓋を閉じて再びポケットにしまった。

「すみません。助けていただいてばかりでなんのお役にも立てず……」

クロウが面目ないと頭を下げればヘイリーが狼狽《ろうばい》した。

「何を仰るんですか。聖騎士の死者を出さなかったアシュトラン殿は大変ご立派ですよ。魔物の多いこの地域で死霊が現れるなんてイレギュラーです。聡明な判断がなければ死者が出ていたかもしれません。呪いのせいですべてが後ろ向きに思えてしまうのかもしれませんが、どうか気を確かに。あなたがスピナに赴任されて一年経ちますが、その間スピナの住人は一度も魔物に襲われずに済んでいます。大変素晴らしいことです」

ヘイリーは「今はゆっくり休んでください。いずれ聖力のある司教が来ますから」と言い残すと、バスケットを手にして帰っていった。

（ゆっくり、か……）

クロウはヘイリーがいなくなった廊下を見つめながら額に手をやり、前髪を掻き上げた。

正直、ゆっくりしている暇はあまりない。この辺境地に来て一年――もう一年も経ってしまっている。心の中では日増しに焦りが募っていた。

（早くこの任務を終えて戻らなくては……陛下の命で潜入しているが時間が掛かりすぎている）

溜め息を吐いたクロウは弾丸の装填が途中までだったのを思い出し、黙々とピストルに弾丸を込め始める。

クロウが聖騎士団に所属している本当の理由、それは彼が信仰心に厚い訳でも戦闘狂だからでもない。

教会内部に潜り込み、腐敗の実態を暴く証拠集めのため、すべてはこのアスティカル聖国の国王・ウィリアムの密命を受けてのことだった。

◇

離れ棟から戻り、夕食の準備をしていたリズはヘイリーに呼び出されたので重たい足取りで廊下を歩いていた。

（やっぱり、怒ってらっしゃるでしょうね）

これからのことを予期して気が気でない。はあっと深い溜め息を吐いていたら、一緒についてきてくれている妖精たちが口々に言う。

《リズ、ヘイリーに叱られるのが怖いの？》

《リズを泣かせたら僕が仕返しするー》

《完膚なきまでにやっつける》

三人の妖精は可愛らしい声でとんでもなく物騒なこと言い始める。終《しま》いには、どういう方法での仕返しが一番効果的なのか話し始めたので慌ててリズは割って入った。

「あ、ありがとう。だけど今回は私が悪いから。叱られて当然。お願いだから仕返しはやめて？」

必死に頼み込めば三人が輪になってひそひそと話し始める。それからこちらを向いてにっこりと笑顔を見せた。

《リズがそう言うなら》

妖精たちが引き下がってくれたのでリズは安堵の息を漏らす。しかしそれも束の間、司教室の前に辿り着いてしまったのでたちまち全身に緊張が走る。

リズは一度深呼吸をしてから控えめに扉を叩いた。返事があったので部屋の中に入る。

部屋の奥には席につくヘイリーの姿があり、その前には何故かケイルズとメライアが立っていた。

（ま、まさか三人から叱られる？）

普段温厚な人たちから一斉に怒られる時程、身に堪えるものはない。

リズは涙目になりながらヘイリーが座っている机の前まで歩いていく。

「……あの、ヘイリー様。お呼びですか？」

「夕食の準備中なのに呼び出してすみません。お呼びしたのは報告があるからです」

ヘイリーは柔和な微笑みを浮かべていて、いつもと変わらないようにも見える。しかし、一度も怒っている姿を見ていないリズの心臓はドキドキしっぱなしだった。

（悪いことをした自覚があるなら、自分の非を認めて誠心誠意謝った方が良いですよね）

先に謝る決心をしたリズは、ヘイリーが次の言葉を紡ぐ前に勢いよく頭を下げた。

「勝手に一人で離れ棟へ、クロウのご飯を届けに行ってごめんなさい！」

頭を下げているため、ヘイリーがどんな表情をしているのかリズには分からない。だからこそ、リズの心は不安でいっぱいだった。

少しの間を置いて、ヘイリーがゆっくりと口を開く。

「その件なら心配いりません。私もケイルズもメライアも怒っていないですし、リズなら離れ棟へ行っても大丈夫です」

「……え？」

顔を上げたリズはきょとんとして首を傾げる。

妖精たちから離れ棟へ行っても大丈夫だと言われていたが、その話をヘイリーは知らないはずだ。どうして大丈夫だと言い切れるのだろう。

混乱していたら、ケイルズが説明してくれた。

「リズの周りにはいつも妖精が飛んでるだろ？　それってつまり、妖精に好かれてるってことなんだ。妖精に好かれている人間は魔物も死霊も迂闊に手は出せない。彼らの報復ほど怖いものはないから」

「そうなの？　初めて知ったよ」

「一般的には聖学の教科書にも載っていない内容だから。僕も司教に教わるまで知らなかったんだ」

「そっかぁ。……でもあれ？　そうすると、みんなは妖精の姿が見えてるの⁉」

リズが目を丸くすると、ケイルズは頷いた。

「僕たち全員、妖精の姿が見えるよ。リズみたいに気さくに会話はしないけど」

ケイルズによると、妖精と会話するにはまず彼らの好物である角砂糖やキャンディなどの対価を渡してからでないと話しかけられないらしい。しかも応えてくれるかもその妖精の気分次第。リズのように無条件で妖精が自発的に話しかけ、動いてくれるのは大変珍しいようだ。

「どうして妖精が見えていることや、妖精の性質を教えてくれなかったの？　てっきり叱られると思って……悩んでたのにぃ……」

気づけば瞳には水膜が張り、目尻から涙が零《こぼ》れそうになる。

元の姿である十七歳のリズならこれくらいでは感情的にはならなかったのに、何故か七歳のリズでは抑えられない。

すると、メライアがこちらに駆け寄り、優しく抱き締めて背中を撫でてくれた。

「嗚呼、リズ泣かないで。聖学の勉強を一緒にしているけど、まだそこまで内容が辿り着いていなかったのよ」

リズはメライアの時間がある時に少しずつ聖学について学んでいる。習っている内容は教会本部にいた頃の知識が大半で代わり映えがしなかった。

「進み具合がゆっくりだったのは、都会から田舎に来たって聞いていたから新しい環境に慣れるまでは様子を見ていたのよ。だけど、知らないことばかりで却《かえ》って混乱させてしまったわね」

リズはメライアの言葉に虚を衝《つ》かれた。

そうだ。ここでの生活は始まったばかりで知らないことが多い。それが当たり前のはずなのに、自分はもうスピナの暮らしに慣れていると思い込んでいた。

王都と違って田舎は妖精の姿が見える人が多いとクロウが言っていた。都会と田舎ではいろいろと見えてくるもの、学ぶものが違うようだ。

ヘイリーも席を立ってリズの側に寄るとしゃがみ込む。

「説明不足でいろいろと不安にさせてしまいましたね。ですが、リズにはこれからも離れ棟へ行ってアシュトラン殿のご飯を届けて欲しいのです。これはあなたにしかできないことで、守護陣の補強が終わったら改めて頼もうと思っていました」

「うん。私こそ先走ってごめんなさい」

涙を流してリズが謝ったら、あやすようにヘイリーが頭を優しく撫でてくれる。

すると、今まで大人しかった妖精たちが急に怒り始めた。

《嗚呼ーっ！　リズを泣かせたの‼》

《成敗してくれるーー！》

目を吊り上げるアクアとヴェントが手を上げて、自分の身体よりも大きな球を作り始める。

ヴェントの球からは風が吹き荒れ、アクアの球からは雨雲が発生し、室内にいるにもかかわらず雨が降り始める。風と雨が合わさって嵐が出現した。

本棚にあった本が風によって吹き飛ばされ、大雨によって全員ずぶ濡れになる。

「な、何よこれ？」

メライアが悲鳴に近い叫び声を上げると、ヘイリーが状況を説明する。

「どうやら、妖精の怒りに触れてしまったようです！」

「妖精の怒り？　って、うわあ！　助けて‼」

吹き飛ばされた本たちに次々と襲われるケイルズは、頭を抱えて助けを求めている。

「待ってアクア、ヴェント。みんなは悪くないの。だから仕返ししちゃだめっ‼」

リズが必死に叫ぶと、途端に風と雨がピタリと止《や》んだ。

なるほど。妖精を怒らせたらどうなるのかなんとなく分かった気がする。

妖精に好かれているリズが泣いた時でさえこうなのだから、愛し子であるドロテアの場合はもっと強大な力が働くだろう。隣国から一目置かれている理由を改めて実感した気がする。

《だけどリズ、虐《いじ》められて悲しかったんじゃないの？》

イグニスから控えめに尋ねられて、リズはきっぱりと否定した。

「ううん。今のはちょっと、感情が高ぶっただけ。だからヘイリー様やケイルズ、メライアを傷つけるのは絶対だめ。みんな私の大事な家族だから。イグニス、室内を乾かせられる？」

《リズが望むなら》

イグニスは室内を飛び回りながらキラキラとした赤色の粉を振りまいていく。それが床に落ちれば、水分が蒸発して瞬く間に乾いていった。濡れてしまった衣服や家具、床などはすっかり元通りだ。その間に、ヴェントも床に散らばった本を棚に戻してくれた。

「ふう。妖精の怒りに触れたのは初めてだけど、恐ろしくて二度と経験したくないよ」

「ケイルズの言う通りね。でも、リズが頼んだらすぐに止めてくれたし、元通りだわ！」

疲れた表情のケイルズが肩を竦める一方で、メライアは感心した様子で室内を見回す。

「さて、仕切り直しといきましょうか」

ヘイリーはパンッと手を叩くと改めて席についた。

「今回みなさんを呼び出したのはこれを渡すためです」

そう言って机の上に置いたのはつるつるとした緑色が美しい孔雀石《くじゃくいし》だった。石の中には六芒星《ろくぼうせい》が刻まれている。

「これは守護石といって、離れ棟の守護陣と同じように悪い物を寄せつけない力があります。教会の保管室を探してみたら見つかったので、みなさんにそれぞれ渡しておきます。これがあればもしもの時に身を守れますよ」

次にヘイリーは半透明のつるつるとした月長石を机の上に置き、「それから」と付け加えた。

「守護石ともう一つ、加護石も見つかったのでアシュトラン殿にお渡しするつもりです」

リズはすかさず手を挙げた。

「ヘイリー様、守護石と加護石は何が違うの？」

「良い質問ですね。守護石が悪いものから身を守る石であるのに対し、加護石は呪いを受けてしまった人の呪いの悪化を防ぎ、緩和させる力を持っています。両方とも濃厚な聖力が込められていて、これがあればアシュトラン殿も自由に外を歩けるでしょう。とはいえ、一般の信者が礼拝に来るので安全面を考慮し、動ける範囲は修道院と離れ棟に限定させていただきますが」

加護石があれば、クロウは自由に歩き回れる。離れ棟から出て日の光を浴びられる。閉じこもっているよりもそちらの方がストレスも溜まらず良さそうだ。

明るい希望を抱き、リズの顔がぱっと輝いた。

「もちろん、リズの作るご飯がアシュトラン殿を元気にします。夕食も頼みますよ」

「はぁい、私に任せて！」

リズは胸の辺りで拳を作り、元気よく返事をした。

守護石を受け取って解散すると、リズは再び厨房に戻って作業を開始する。

入り口の棚に置いていた三角巾を頭につけてからエプロンを締める。

《リズ今夜は何作る？　今日はなんの日？》

厨房のかまどへ先に戻っていたイグニスが火を熾しながら尋ねてくる。

イグニスがなんの日かと尋ねてくる理由は、ソルマーニ教会を含む教会には毎日何を主菜にして夕食を食べるかが暗黙のルールとして決められているからだ。

因《ちな》みにソルマーニ教会では豆料理が日曜日と水曜日、魚料理が月曜日、卵料理が火曜日と金曜日、肉料理が木曜日と土曜日と決まっている。

山間なので海産物は滅多に手に入らないため、魚がない日は他のもので代用している。食材はいつもケイルズが町から仕入れてくれており、その食材を見てから何を作るか決めていた。

そして今日は木曜日なので肉料理の日だ。

「今夜はメインにポークカツレツのレモンソース添えを作るよ」

《分かった、火が必要な時は任せて》

「ありがとうイグニス」

まずは付け合わせにニンジンのグラッセを作る。

ニンジンは皮を剥き、一センチ幅で輪切りにする。小鍋にニンジンと水を入れてから柔らかくなるまで中火で茹《ゆ》でる。柔らかくなったらイグニスに火力を強めてもらい、水分を煮詰め、はちみつとレモン汁を入れてさらに煮詰めていく。水分がなくなったらかまどから小鍋を下ろし、刻んだハーブをかけて混ぜ合わせる。

ニンジンのグラッセを冷ましている間に、次はポークカツレツを作っていく。

豚肉の塊を包丁で食べやすいサイズに薄切りし、めん棒で叩いて肉を柔らかくする。塩とこしょうを振って白ワインをかけて十分間置いておく。

「待っている間にカツレツにとっても合うレモンソースを作りましょ」

温めておいた小鍋にバターを入れて溶けたら、白ワインを加えてアルコールを飛ばす。レモン汁を加えて塩とこしょうで味を調えれば簡単にレモンソースができあがる。

十分間寝かせておいた豚肉に小麦粉を振り、卵液をくぐらせて、最後にパン粉をつける。油を多めに入れたフライパンが温まったら、そっとパン粉のついた豚肉を置く。ジュウジュウという音からパチパチと軽快な音に変わったところで引っくり返すのがポイントだ。

両面がこんがりとしたきつね色になるまで揚げ焼きしたら、ポークカツレツをお皿に盛りつけて、先程作っておいたレモンソースをかけ、ニンジンのグラッセを飾りつければ完成だ。

後は薄切りにしておいたタマネギと一口大にちぎっておいたレタスをボウルに入れ、オリーブオイルと塩で和《あ》えれば、副菜のサラダができる。

朝に焼いておいたパンを温め直してバスケットに載せれば、今夜の献立が出来上がった。

「わあ、とっても良い匂いがするわ」

美味しそうな匂いに連れられて厨房にやって来たのはメライアだ。

料理皿を覗き込むと感激した様子で声を上げる。

「嗚呼、今日も凄いご飯を作ったのね。とっても美味しそうだわ」

食べるのが楽しみだと言うメライアはほくほく顔で食堂に料理を運ぶのを手伝ってくれた。

小皿やコップ、カトラリーを並べていたら夕食の時間になり、ヘイリーとケイルズもやって来る。

ケイルズは並べられた料理を一目見て眉を上げた。

「おおっ。今日のご飯はとても豪勢だね。そしてこれは世に言うポークカツレツ？　初めて食べる料理だよ！」

ソルマーニ教会で育ったケイルズは生まれてこの方ポークカツレツを食べたことがないらしい。初めて見る衣を纏った料理に浮き立っている。

「さあ、みなさん席について。食事の前に感謝の祈りを捧げましょう」

ヘイリーに促されて全員が席につく。長机の上座にはヘイリーが座り、その隣にケイルズとメライア。向かいにリズが着席する。

みんなで手を組んで目を閉じ、感謝の祈りを捧げた。

「恵みを与えてくださった母なる大地よ、妖精よ、その慈しみに感謝してこの食事をいただきます」

祈りの言葉を紡ぎ終わればみんなが一斉にナイフとフォークを手にする。

ケイルズやメライアは、気になっていたポークカツレツへと真っ先に手を伸ばしていた。リズもそれに倣ってポークカツレツから食べてみる。

フォークで押さえてナイフを入れれば、サクッサクッと小気味良い音がして、中の豚肉が肉汁と一緒に顔を出す。それと同時に爽やかなレモンとバターが鼻孔をくすぐる。

一切れ食べてみれば、サクサクな衣としつこくないバター、そしてレモンのさっぱりとした酸味が口の中でいっぱいになった。

ふと周りを見れば、みんながポークカツレツの味に幸せそうな表情を浮かべている。

（このレシピは元お城の料理人さんに教えてもらったものですが、やっぱりいつ作っても美味しいです）

みんなの姿を見て悦に入《い》ると、ケイルズとメライアが感想を言ってくれた。

「このポークカツレツ、カラッと揚がってて凄く美味しい！　それにレモンソースがめちゃくちゃ良い仕事をしてる。リズは本当に料理が上手だね」

「私、今までこんなに美味しい肉料理を食べたことないかも！　母さんが作ってくれたカツレツなんか比じゃないわ」

「えへへ。褒めてくれてありがとう。喜んでもらえて嬉しいなぁ」

両頬に手を添えてはにかむリズ。

その可愛い反応にケイルズとメライアがぽっと頬を赤く染める。

「照れてる姿がめちゃくちゃ可愛いんだけど！」

「嗚呼、リズは可愛くて料理もできて……天才ね！」

二人はリズの可愛らしさと美味しいご飯にさらにメロメロになった。

（こんなに絶賛された経験はないので、嬉しいですけどなんだか恐縮してしまいます……）

ドロテアに引き取られてからは元お城の料理人に教えを請い、美食家である彼女のために定期的に料理を作って出していた。彼女からはいつも『美味しい』という言葉を掛けてもらっていたが、ここまで大絶賛された記憶はない。ソルマーニ教会の食事事情を考えればここまで大絶賛されるのは合点がいく。しかしその反面、褒められすぎて気恥ずかしくなる。

見た目からすればリズは小さな女の子。幼い子供が手の込んだ料理を作るのだから、褒めたくなるのも頷ける。

（なんだか騙《だま》しているみたいで申し訳ないです。でも事実を言ってしまったら、私が聖女の姪で断罪されたリズベットだと話さなくてはいけません。そうなると、私はまた教会本部へ連れ戻されて処罰されるでしょう）

折角ドロテアが妖精女王や妖精たちに力を借りてリズの身体を小さくしてくれたのだ。彼女の恩情を無下にする訳にはいかない。

（やっぱりこのまま黙っておいた方が穏便に済む……のかもしれないです）

リズが物憂げに考え込んでいたら、ケイルズがリズに聞こえない声でメライアに嘆く。

「嗚呼……今までリズはどんな過酷な環境で育ってきたんだろ。こんな手の込んだ料理、あの歳で作れないよ。それに僕らが褒めても全然調子に乗らないし」

「確かにこれだけの腕前なのにリズったら謙虚よね。私だったらもっと図に乗ってるわよ」

メライアがフォークに刺したポークカツレツを眺めながら眉根を寄せる。

すると、ヘイリーが二人に顔を寄せて囁いた。

「人には触れられたくない過去があります。記憶を呼び起こしてリズを悲しませないように。二人とも、良いですね？」

その言葉に二人は真顔で大きく頷いた。

食事が終わり、リズが長机の上の食器を集めていたらヘイリーに声を掛けられた。

「リズ。アシュトラン殿のご飯はありますか？」

「もちろん。バスケットに詰めてあるよ」

「そうですか。では私が届けに行きますね。妖精や守護石があるとはいえ、夜は闇の力が増幅してリズには危険です。昼間はまだ安全なので、朝と昼はリズが届けてくれますか？」

「分かった。……あの、ヘイリー様。たまにはクロウと一緒にご飯を食べても良い？」

リズは躊躇《ためら》いながらも尋ねた。

クロウは呪いが解けるまでずっと一人で離れ棟や修道院周辺で過ごさなくてはいけない。自分の空いている時間は、彼が寂しくないよう側にいて何か恩返しをしたい、というのがリズの願いだった。

リズの申し出を聞いたヘイリーはにっこりと微笑んだ。

「ええ。構いませんとも。その方がアシュトラン殿も嬉しいでしょう」

「ありがとう、ヘイリー様！」

◇

快諾してもらったリズは足取り軽やかに食器を洗い場へと運び、皿洗いを始めた。

ヘイリーが離れ棟に顔を出してから、すぐにケイルズがやって来て守護陣の強化を行ってくれた。そのお陰なのかそれ以降、影は室内に侵入してこなくなった。

今は日が沈み、夜の帳《とばり》が下りている。窓の外を見たら、昼間姿を見せなかった死霊が現れて、物欲しそうな目でこちらの様子を窺っていた。辺境地とはいっても、呪いの効力によってどこからともなく死霊は集まってくる。

クロウは相手を睨《にら》みつけた。

「また性懲りもなく来たのか。何度来ても結果は同じだ」

手には常にピストルを携帯し、いつでも撃てる準備をしている。

すると、背後から声を掛けられた。

「――今夜からは死霊が守護陣を突破してこないと思いますよ」

「……っ‼」

驚いて後ろを振り向いたら、廊下には灯りを持ったヘイリーが柔和な表情を浮かべて立っている。

離れ棟に入ってくる気配がまったくしなかったので、クロウは思わずピストルを向けてしまった。

「司教、相変わらず突然現れるのはやめてもらえないだろうか？　心臓に悪い」

クロウは銃口を下ろし、肩を竦めて小さく溜め息を吐く。

ヘイリーは銃口を向けられたにもかかわらず、肝が据わっているようで顔色一つ変えなかった。

「地下には修道院と離れ棟を繋《つな》ぐ隠し通路がありますからね。途中に扉があり、鍵を持つ私しか通れないので、驚かれるのも無理はありません」

部屋の中に入るとヘイリーはサイドテーブルの上に灯りとバスケットを置く。続いて懐から半透明のつるつるとした月長石を取り出してクロウに差し出した。石の真ん中には六芒星が刻まれている。

「万が一の時に備えて、昔に作っておいた加護石を持ってきました。どうぞお使いください。これを肌身離さず持っていれば、死霊や影からは襲われませんし自由に出歩けます。ただし、呪いが解けた訳ではありませんので、くれぐれも教会敷地内からは出ないでくださいね。何かあった場合、対応できなくなります」

人差し指を口元に立てるヘイリーから手のひらに収まる大きさの月長石へと視線を移す。

クロウはそれを受け取り、大事に懐へしまった。全盛期のヘイリーの聖力が込められているだけあって、石に触れた部分からはほのかに温かみを感じる。

「ありがとうございます。スピナの住人や司教に迷惑を掛けたくないので離れ棟周辺から遠くへは行きません。ところで、先程仰っていた死霊が守護陣を突破してこない、というのはどういう意味ですか？　塩と聖水を追加したお陰という訳ではなさそうですね」

クロウが訝《いぶか》しんだら、ヘイリーが部屋の隅にあった椅子を二つ真ん中に運んできて一方に腰を下ろした。続いてもう一方を手で示すので、クロウは大人しく椅子に腰を下ろす。

「ここの空気は今朝よりも澄んでいると感じませんか？　それも驚くほど清浄です」

言われてみれば。クロウはそうだと思った。

ここに来たばかりの頃、離れ棟内はじめじめしていて吸い込む空気もカビ臭く、少し肌寒かった。しかし今はそれらがまったくない。寧ろ、森の中で新鮮な空気を吸っているようだ。

「これは私の憶測ですが、リズに懐いている水の妖精が力を貸してくれたのだと思います」

「そんなっ。リズはなんの対価もなしに妖精からこれほどの力を借りられたのですか⁉」

クロウは意外な事実に泡を食った。

平生、妖精から力を借りるには何かしらの対価を差し出さなくてはいけない。

砂糖菓子を妖精にあげるのは一種のおまじないで、何かあれば彼らが手助けしてくれるかもしれないからだ。とはいえ彼らは気まぐれなので、必ず助けてくれる訳ではない。確実に力を借りるには妖精の愛し子である聖女でなくてはならない。

妖精たちにとって聖女は側にいると居心地が良く、手を貸したくなる存在だという。

「リズが妖精を見て話せるのは樹海で出会った時から知っていました。しかし、妖精から力を借りられるほどの聖力があるなんて……率直に言って、驚きを隠せません」

クロウが驚きを隠せない理由は、充分な聖力が発現するのは一般的に十歳からだからだ。その前からも微力な聖力を持つ子供はいるが十歳以下で妖精に力を借りられるほどの聖力を持つ人間は歴史上聞いたことがない。

ヘイリーはクロウの意見を聞きながら椅子の肘掛けに手を置き、指でトントンと叩く。

「ここからは私の独り言として聞いて欲しいのですが、リズが次期聖女なのではないか、という考えが頭を過って仕方がないのです。まだ確信は持てませんが、妖精はリズによく懐いています。それに、聖女ドロテアの代になってもう十年。そろそろ次期聖女が現れてもおかしくはありません」

それはクロウも同じ意見だった。本来なら聖女は数年ごとに次の聖女候補が現れて交代する。聖女が現れると聖物である羅針盤に嵌め込まれた瑠璃《るり》が輝き始め、次期聖女となる乙女がいる方角に向かって青い光を飛ばすとされている。しかしこの十年間、羅針盤の瑠璃が輝くことはなく、乙女がいる方角も指さない。

次期聖女が現れたら最初に大司教が王族へ報告をし、次に教会本部の聖なる乙女の出現を告げる鐘楼《しょうろう》の鐘が鳴り響く手はずになっている。しかし、こちらもこの十年は行われていない。

「司教の言う通り、いつ次期聖女が現れてもおかしくはないと思います。それにリズは歳のわりに大人びていて聡《さと》い」

それもまた、聖女の資質なのだろうか。だとしたら彼女は素晴らしい聖女になるだろう。

「そういえば、アシュトラン殿がリズを見つけたのは樹海だと言っていましたね？　樹海は本来、人が寄りつかない場所です。いくらリズを殺そうとしたとはいえ、わざわざ樹海へ赴く親がいるでしょうか？　聖国民なら、あそこが妖精界への入り口のある場所だと誰しも知っているはずです」

聖国民にとって樹海は一度入れば二度と出られない恐ろしい場所であると同時に、妖精界へと繋がる入り口がある神聖かつ崇高《すうこう》な場所——聖域となっている。

立ち入ることができるのは聖職者や聖騎士といった教会関係者だけで、一般人は出入りを禁止されている。さらに言えば、聖職者以外が罰を与えるのは聖域を穢《けが》すことを意味するので重罪に値する。よって、信仰心の厚い聖国民がわざわざ樹海入りするのは不可解だった。

ヘイリーが疑問視するのも当然だ。

「確かに言われてみればそうですね。我々聖国民にとってあの場所がどれだけ大切な場所なのか、小さい頃から教え込まれますから」

そこでクロウの中に、ある一つの仮説が立った。

「——もしかして、リズの親は教会関係者なのでしょうか？」

ヘイリーへ視線を移したら、彼は複雑そうな表情を浮かべていた。

「私もその線を捨てられないでいます。メライアによるとリズは聖学の中級までの知識を獲得しているようです。実践向きである上級は流石《さすが》に知らないようですが……。考えれば考えるほど、彼女は教会との関わりが深いように思えて仕方がありません。したがって、彼女が次期聖女かもしれないと教会本部へ知らせるのは慎重になるべきです。羅針盤も光っていませんしね」

ヘイリーの意見はもっともだ。

リズが次期聖女かもしれないという憶測だけで動けば、また彼女の身に危険が及ぶ可能性がある。どんな理由があれ、我が子を亡き者にしようとした親だ。ろくな人間ではないのは明らかなので、このままソルマーニ教会で保護した方が得策だろう。

「もしリズが次期聖女だと羅針盤が告げたなら、その時は教会本部が手厚く保護してくれるでしょう。……それにしても、俺が薬草を採りに樹海に入って保護しなければ、今頃どうなっていたか。もしもリズが死んでいたら妖精の怒りを買っていたかもしれません」

クロウは額に手を当てて嘆息を漏らす。

すると、ヘイリーが神妙な面持ちで顎に手をやった。

「ほう。アシュトラン殿は薬草を採りに樹海に入って、戻ってこられるのですね。あそこは聖職者でも決まった道でなければ恐ろしくて通れないというのに。流石は次期伯爵様です」

クロウは咳払いをして話を濁した。

「司教、揶揄《からか》わないでください。家柄や爵位は関係ありません。教会本部から届いた調査依頼をしに廃墟へ行くため、その準備で薬草ときのこを採りに行っただけです」

アスランの存在は他言するなと隊員たちにも口止めしていて、教会関係者には報告を伏せている。害がないとはいえ彼は生まれつき魔物だ。危険視されるかもしれないので、たとえ気の置けない存在であるヘイリーだとしても秘密にしている。

クロウははぐらかすように話題を変えた。

「……司教はそろそろ教会本部へ戻られた方が良いのではありませんか？　いくらあの一件で聖力のほとんどを失ったからといってこんな辺境地に隠居するなど。……先代の大司教であるお父上もさぞ悲しまれているでしょう」

「隠居生活も悪くはないですし、聖力のほとんどを失って後悔はしていません。尊い命を救った対価として聖力がなくなったのなら、それは本望です。――さて、長居してしまいましたので私はそろそろお暇《いとま》します。バスケットの中にリズが作った夕食が入っているので召し上がってください。彼女、あなたを随分気に入っているみたいで明日からは一緒にご飯を食べたいそうですよ」

ヘイリーはサイドテーブルに置いていた灯りを取ると、一礼してから部屋を後にする。

一人になったクロウは腕を組んで思案顔になった。

（リズがもし次期聖女なら何故羅針盤が光らないんだろう。あれが光らない以上、教会側はリズを次期聖女だと断定できない。だが、彼女は対価なしに妖精の力を借りられている……）

あれこれと考えを巡らせていたら、不意にクロウがつけているピアスが振動し始めた。

ピアスの留め具の部分を人差し指で触れたクロウは、居住まいを正す。

「聖国の太陽・ウィリアム国王陛下にクロウ・アシュトランが拝謁を賜ります」

クロウが耳につけているピアスはただの装飾品ではない。これは装飾品の形をした通信具で王族が専属の工房で独自に開発させたものだ。

一般的な通信手段である水晶とは違い、持ち運びやすく通信具と疑われない品なので隠密たちの間で重宝されている。

《……クロウ、通信連絡の時くらい挨拶は割愛しろといつも言っているだろう？》

国王のウィリアムは溜め息を吐くと困ったような声色で呟いた。

《さて、今日私が連絡をしたのは隠密から君が死霊の接吻を受けたという報告をもらったからだよ。身体の具合はどうだい？》

クロウはばつが悪い顔になった。隠密がつけられていることはウィリアムから知らされているが、もう情報が届いているとは。

まったく、聖国の隠密は仕事が速い。

「ソルマーニ教会の人たちのお陰でなんとかやれています。任務に支障が出てしまい、誠に申し訳ございません」

《呪われた身だ。無理はしないように。そして君を責めるためにわざわざ連絡したのではないよ。魔物が多い辺境地で死霊が出たというのが少し気になってね》

ウィリアムはどうして辺境地で死霊が出たのか不思議に思っているようだ。

死霊は生きている人間がその場所で殺され、怨念を積もらせることで生まれる。普段から人通りのない国境沿いの廃墟で死霊が出るのは珍しかった。

《本来は治安部隊に任せれば良いんだが場所が場所だ。隣国との揉《も》めごとに発展しないか心配だし、きちんと調査しておきたい。何か手がかりはないか？》

「死霊がいた廃墟でロケットペンダントを拾いました。建物よりもまだ新しいので、恐らく死霊が生前持っていた品だと思います。中には女性の絵が入れられているので、この女性の身元が判明すれば、死霊になった女性の情報が分かるかもしれません」

クロウはロケットペンダントに描かれている女性の特徴について手短に説明した。

《そのロケットペンダントは後で伝書鳩を送るから、脚に括りつけてこちらに送ってくれ。他に手がかりはないか？　顔の特徴だけだと調査に時間が掛かる》

クロウはもう一度ロケットペンダントをためつすがめつして観察した。絵以外に手がかりになりそうなものは特にない。なんとなく、指の腹でペンダントの内側をなぞっていたら、爪に絵の端が引っかかって少しだけ剥がれた。捲れた紙を見ると、小さな文字が書かれている。

――私の可愛い娘メアリー・ブランドンへ、母ジェシーが捧げる。

クロウはハッとしてその名前を読み上げた。

「この名前を調べていただければ、きっと行方不明になっている女性が見つかるはずです」

《……ブランドンか。言葉の響きからして我が聖国民だろう。それほど多い姓ではない。ロ

ケットペンダントを持つくらいだから平民の中でもそれなりに裕福な家庭に違いない。すぐに調べさせよう》

「ありがとうございます」

《結果も出ていないのに感謝するのはまだ早いぞ。君は暫く身動きが取れない。できる限りのことはこちらでしなくてはな。――だが引き続き、できる範囲で教会内部の不正については探ってくれ。最近どうも教会本部の動きがおかしい》

ウィリアムによると王都では数週間前に雨乞いの儀式が行われるはずだったのだが、急遽取りやめになったらしい。王家がその理由を大司教に尋ねたが、儀式の準備中に問題が発覚したため中止に踏み切ったと言い、それ以上詳しい理由を教えてはくれなかった。

教会本部で何かが起きていることは間違いない。十中八九、それが原因で教会本部からソルマーニ教会へ聖力のある司教がすぐに派遣されず、中途半端な状態になっているのだから。

通常であればもっと手際よく司教が派遣される。

クロウはウィリアムに挨拶をして通信が切られたのを確認してから、自身も通信を切った。

ウィリアムからの密命は教会内部に潜り込み、不正を暴くための証拠集め。本来ならサラマンドラに配属されて教会本部の動向を探るのが一番手っ取り早いが、貴族の嫡男が聖国騎士団ではなくわざわざ教会の聖騎士団に入るのは如何《いか》にも怪しい。

疑いの目を逸《そ》らすべく、クロウは自ら辺境地で活動するシルヴァに志願し、害意がないことを証明しなくてはならなかった。隊長になれば数ヶ月に一度、教会本部へ招集されるのでその時に機密文書などがある保管庫に忍び込んで証拠になりそうな情報を集めている。

回りくどいやり方だが、お陰で教会本部からはクロウに対する不信感は持たれていない。それにソルマーニ教会の司教であるヘイリーとは長年親交があり、信頼の置ける人物だ。

彼の元で行動するのが一番だとクロウは判断している。

クロウは椅子の背にもたれると、顔を手で撫でた。

（一刻も早く任務に戻らなくてはいけないのに。それができなくて非常にもどかしい……）

天井を見つめていたクロウは頭を動かして前を向く。

そしてふと、バスケットが目に留まった。あの中に入っているのはリズが作ったという美味しいご飯。食事も受けつけない身体だったのに、リズのご飯だけは拒絶しなかった。

（今度は何を作ってくれたんだろう）

興味が湧いて椅子から立ち上がったクロウは、バスケットの布を取り払う。そこにはまだほんのりと温かいカツレツ、それにサラダとパンが入っていた。

小さな彼女が一生懸命ご飯を作る姿が目に浮かぶ。

「……ありがたくいただくよ、リズ」

リズを思い浮かべながらクロウは目を細め、テーブルに料理を並べるのだった。

第3章　森で出会った仲間たち

それから三週間が経った。

クロウは相変わらず教会内の離れ棟で日々を過ごしている。シルヴァの隊長として前線で戦い、スピナを守ってくれていたのに、死霊の接吻を受けたせいで不遇の日々が続いている。これまでとはまったく違う生活を強いられてクロウが焦り、悶々《もんもん》としているのは想像に難くない。

リズは自分の部屋の窓を開け、朝の景色を眺めながらクロウを憂《うれ》えていた。

（聖力のある司教様がいらっしゃらない限り、彼の呪いは解けない。司教様はいつ到着するのでしょう？　そろそろ先触れがあっても良いはずなのに。きっとシルヴァの隊員さんたちも私と同じように気を揉んでいるのでしょうね）

心の中で呟いた途端、急にリズの背筋が寒くなった。

何故なら今は魔物が活発な時期だ。

隊長不在の中、シルヴァの隊員たちは任務を遂行できているだろうか。

「もし魔物退治が難航していたり、うまく連携が取れていなかったりしたら……」

その先を想像して怯《おび》えていたら、いつものように三人の妖精が飛んでくる。

《リズ、おはようなの》

《おっはよう｜。あれ、どしたの｜？》
リズの様子がおかしいと気づいたヴェントが気遣わしげな表情で尋ねてきた。
《心配事があるなら僕たちに話して。力になるから》
イグニスに促されたリズは正直に答える。
「指揮を執るクロウがいない今、シルヴァが魔物退治をできているか心配してるの」
暗い表情のリズを見た三人の妖精は顔を見合わせる。
《それなら私たちに任せなさいなの。リズ、私の手を取って》
《もう片方は僕の手を》
リズはアクアとイグニスに言われるがまま手を取る。続いて、ヴェントがアクアとイグニスの空いている方の手を取って一つの輪ができる。
《目を閉じて、シルヴァやスピナが無事であるようにって祈ってて｜》
ヴェントの指示に従って目を閉じたリズは祈る。
魔物がシルヴァとこの町を襲わないようにと。
心の底から祈っていたら《もう良いよ》とヴェントに声を掛けられる。
再び目を開けたリズはアクアとイグニスから手を離して尋ねる。
「今のはなんだったの？」
目をぱちぱちとさせて首を傾げたら、イグニスが答えてくれた。

《僕たちの力とリズの祈りの力でスピナ一帯に簡単な結界を張ったんだよ。これで魔物が侵入してくる数も減ると思う》

《これで少しは安心ー》

えっへん！　と誇らしげに胸を張る三人の妖精。

簡単な結界という話なので恐らくすべての魔物の侵入を防ぐのは困難だろう。しかし、少しでもシルヴァの負担が減らせるのなら、それはそれでありがたい。

「凄い。ありがとう、みんな」

リズが破顔してお礼を言えば、三人の妖精はにっこり顔になった。

身支度を調えて部屋から出たリズは厨房で朝食を作る。

リズは朝と昼の食事をできるだけクロウと一緒に食べるようにしている。

伯爵家出身のクロウはこれまで美味しい食事をしてきたはずなのに、彼はリズが持ってくるご飯を楽しみにしていて、毎日美味しいと褒めてくれた。

それらの賛辞はお世辞に違いないが、美味しそうにご飯を食べてくれるので作り甲斐がある。

それに何故か分からないが、クロウがご飯を頬張る姿を見ていたら、初心にかえって美味しい味を追求しようという意欲が湧いてくる。

リズはレシピ研究に没頭した。

改良したご飯を提供する度、クロウもヘイリーたちも大きく舌鼓を打ってくれる。

リズは彼らの反応を見て、今までにない高揚感に満たされていった。

そしてクロウはというと、加護石のお陰で離れ棟の外へ出られるようになった。

リズが作るご飯の甲斐もあり、顔色も当初より随分と良くなった。呪いで廃人になると危惧されていたが、日増しに元気を取り戻している。

（この状況が続けば、聖力を持つ司教様がいらっしゃるまで持ちこたえられるかもしれません）

ヘイリーはあれからも教会本部とやり取りをしているが、近隣に死霊の接吻を浄化できる程の聖力を持った司教がいないため、派遣は難航していると言っていた。

教会本部から司教を派遣できないかと再度確認を取ったところ、別件が立て込んでおり動くにはもう少し時間が掛かるらしい。

それでも加護石のお陰で呪いが悪化しないのなら御の字だろう。

「早く聖力のある司教様が到着しますように」

樹海で倒れていたところを助けてくれた命の恩人が、呪いで苦しむ姿や廃人になってしまう姿は見たくない。目を閉じて手を組むリズは、クロウの無事を祈った。

朝食の準備と朝の祈りを終えたリズは、ヴェントの力を借りて洗濯物を干しに修道院と離れ棟の間にある洗濯干し場へと移動していた。

洗濯は重労働なので、毎日ケイルズとメライアの三人で一緒に洗っている。リズとメライアが石けんで洗い、ケイルズがしぼり機で水気を切るというのがいつもの流れだ。その後の工程は日ごとに交代で行っていて、今日はリズが洗濯物を干す当番だ。

「手伝ってくれてありがとう、ヴェント。あとは私がやるからね」

ヴェントや他の二人にいつもの角砂糖を渡したら、彼らは嬉しそうにどこかに飛んでいく。

リズは三つの光る球体を見送って洗濯物を干す作業に取りかかった。

洗濯干し場に建てられている小屋から脚立を持ってきて足場を作ると、ぴんと張られた縄にタオルやシーツを掛けて洗濯ピンで留めていく。冷たくて気持ちの良い風が吹いているので洗濯物もよく乾きそうだ。

「これが最後の一枚」

リズは脚立を移動させて何も掛けられていない縄の前に立ち、身体よりも大きなタオルを干した。

「ふぅ。これで洗濯物終わり！　——あっ」

脚立の上で万歳をしていたらバランスを崩してしまい、足下がぐらつく。

（わわっ！　このままでは落ちてしまいます‼）

手をぱたぱたと動かしてなんとかバランスを取ろうとするが、うまく体勢を整えられない。

背中から地面に落ちるのを覚悟していたら、後ろから大きくて温かなものに支えられる感覚がした。気がつけば、地面に足がついている。

「まったく。危なっかしいな、リズは」

上から溜め息と共に声が降ってきたので頭を動かす。

そこには、微苦笑を浮かべるクロウの顔があった。

「クロウ！　助けてくれてありがとう……」

リズは慌てて俯いた。何故ならクロウが眉間に皺を寄せていたからだ。もしかしたら呆《あき》れられたのではと心配になる。

（ううっ。助けていただいたのはありがたいですがこんな失態、見られたくなかったです）

しょんぼりとしていたら、目線が合うようにクロウが逞《たくま》しい腕でリズを抱き上げる。

「別に怒ってないからそんな顔をするな。脚立は地面が平らなところに置かないと、足場が悪くなる。さっきみたいにバランスを崩して地面に落ちたら怪我をするかもしれない。今度からは気をつけるんだ」

クロウは心底心配してくれているようだった。いつもリズを注意する時に眉間に皺を寄せているのは、呆れでも怒りでもなかったらしい。

リズは穏やかな低い声を聞いて一安心した。

「次からは気をつけるね」

リズの言葉を聞き、フッと笑みを零すクロウは空いている手で脚立を畳んでひょいと持ち上げる。それからどこに置いてあったのかをリズに訊いて元の場所に戻してくれた。

「さて、これで一仕事終わったな。お疲れ様リズ。……リズ？」

不思議そうにこちらを眺めるクロウに対して、リズは頬を真っ赤に染めていた。今になってこの状況を意識してしまい、心臓がドキドキする。

(最近、なんだかクロウさんとの距離が近くなった気がします……)

彼は小さな女の子にする真っ当な態度を取っているだけ。別にセクハラをしている訳ではない。だが、十七歳のリズからすれば歳の近いクロウの顔が間近にあるので否が応でも意識してしまう。

「そ、そうだクロウ、朝食を一緒に食べようよ。持ってくるね」

身じろいで地面へと飛び降りたリズは小走りで厨房へと駆けていく。そして、厨房に入ると一度深呼吸をしてから朝食をバスケットに入れ始めた。

天気が良い日は洗濯干し場の近くに置いてあるベンチに座ってクロウと朝食を摂るのが最近の日課だ。

リズは朝食として用意していたチーズサンドとミルク瓶の入ったバスケットを手に提げて彼の元へ戻る。

厨房で深呼吸をして心を落ち着かせたこともあり、先程のように変に意識しなくて済んだ。

クロウはチーズサンドを手に取り、美味しそうに頬張る。

「リズはこれから何をするんだ？　聖学の勉強か？」

「私は森へ行って木の実を探そうと思ってる。今日は月曜日で夕食が魚料理の日なんだけど、ケイルズによれば魚は仕入れられないんだって。だから代わりのメインになるおかずと甘いスイーツを作るんだぁ。クロウは？」

「俺は鍛練だ。要塞にいた時と比べて随分身体が鈍《なま》ってしまっている」

普段前線で戦っているクロウは、毎日要塞で過酷な鍛練を行っている。死霊の接吻で呪われてからは離れ棟から一歩も出られず、死霊や影に警戒して常に緊迫感の中で過ごさなくてはいけなかった。

しかし、ヘイリーの加護石のお陰で日中は外に出られるようになり、心置きなく鍛練ができるようになった。離れ棟へ初めてご飯を届けに行った日の、生気のない表情と比べて溌剌としている様子からその効果が窺い知れる。

(樹海で出会った頃と同じくらい元気なクロウさんに戻って良かったです)

朝食を食べ終わりクロウと別れた後、リズは後片付けを済ませてから作業部屋にいるメライアに声を掛ける。

「メライア、一緒に森へ木の実を摘みに行かない？」

メライアは聖書の写本を作っているようで、リズが声を掛けたら動かしている手を止めて顔を上げた。

「まあリズ。とっても素敵なお誘いだこと。でも私はこの章を今日中に終わらせないといけないのよ」

メライアは残念そうに写本へと視線を移した。

リズが背伸びをして作業台の羊皮紙を覗き込めば、読みやすい綺麗な文字と芸術的な装飾文字が並んでいる。メライアが任されているのは装飾文字のようで、書き込まれた部分のインクはまだ乾いていなかった。

「そっかぁ……。大事なお仕事だから仕方ないね。頑張れぇ、メライア！」

応援の言葉を掛けると、突然メライアが呻き声を上げた。胸に両手を当てて席から立ち、リズの肩を抱く。

「嗚呼、今度は必ず一緒に行くと約束するわ。……はあ、可愛いリズの誘いを断るなんて罪悪感に苛《さいな》まれそう。いいえ、仕事を応援してくれているのだから気持ちはありがたく受け取るべきで……」

メライアは暫くぶつぶつと独り言を呟く。やがて咳払いをしてから、彼女はリズに言った。

「とにかく、写本作業が早めに終わるよう頑張るわね。一応伝えておくと、修道院裏から要塞に続く森は安全だからリズが入っても大丈夫よ。この時期だといろんな木の実が実っていると思うわ」

「わあ、本当？　それはとても楽しみ！」

話を聞いてリズは胸を高鳴らせた。

(王都と違ってスピナには森があります。きっと新鮮な木の実がたくさん採れるに違いありません！）

支度を済ませたリズは息を弾ませ、スキップしながら森へ出かけた。

森の中は木々が生い茂っているが、枝葉の間から木漏れ日が差していて明るかった。小鳥がさえずりながら枝と枝の間を飛び、野ウサギやリスが駆け回っている。

「わあっ‼　野ウサギを見るのもリスを見るのも初めて。とっても可愛い～」

つぶらな瞳の小動物を目撃してリズはきゃあきゃあと大はしゃぎしてしまう。

可愛いもふもふな動物が好きなので十七歳の姿だったとしても今のように黄色い声を上げているはずだ。

小動物はリズの存在に気がつくとぴゅーっと走り去ってしまう。

（ううっ、やはりアスランのようにはいかないですね。彼らは野生で警戒心も強いのでちっとも近づけません。触れないのはとても残念ですが、この目であの可愛らしい動物を見られたのですから眼福です）

あまりの可愛さに胸が苦しくなって何度か深呼吸を繰り返すリズ。

漸く発作のようなものが落ち着いたので改めて木の実を探し始めた。辺りを注意深く観察しながら歩いていたら、青紫色をした実がついている木がたくさん現れる。

近づいて実を確かめれば、それはブルーベリーだった。

「凄いっ、ブルーベリーがこんなにたくさん実ってる！」

持ってきていた肩掛け鞄《かばん》から四つ折りにした麻袋を取り出して、ブルーベリーを摘み始める。

美味しそうなものを選んで摘んでいたら、どこからともなくたくさん妖精が集まってきた。

彼らはこの森に住む妖精のようで、とても物知りだ。

《甘いブルーベリーは今摘んでいる木の隣だよ。是非持って帰ってね》

《あっちにはブラックベリーやラズベリーも実っているよ。甘酸っぱくて美味しいよ》

いろいろな情報を提供してくれる妖精にリズは心から感謝する。だが、あいにく角砂糖を持ち歩いていなかったので、お礼ができない。

「嗚呼、ごめんなさい。折角教えてもらったのにお礼の角砂糖は持ってないの」

しょんぼりと肩を落とすと、妖精の一人が首を横に振った。

《いつも三人を通じて角砂糖をもらっているから大丈夫だよ》

《日頃の感謝を込めて、リズに美味しい木の実を持って帰ってもらいたいんだ》

日頃の感謝？　はて、一体なんのことだろう。

リズは二、三瞬きをしてから首を傾げた。

三人から角砂糖をもらっている。それはつまり、アクアとヴェント、イグニスを指している。

（角砂糖を渡すといつもどこかへ行ってしまうので不思議に思っていましたが、あれは仲間の妖精に角砂糖を渡すためだったのですね。独り占めしている訳ではなかったみたいです）

妖精たちの話に納得がいったリズはお言葉に甘えて美味しい木の実の場所を教えてもらった。麻袋がいっぱいになるまでブルーベリーやブラックベリー、ラズベリーを摘んで、それを紐《ひも》で縛って肩掛け鞄にしまう。

一仕事終えて木陰の下にある大きな石の上に座ったリズは、持ってきていた水筒を取り出して水分補給をする。

ついでに昼食用に持ってきていた野菜サンドの包みを広げて食べ始めた。

「ふう。妖精さんたちのお陰でとっても美味しそうな木の実が手に入ったわ。次にアクアたちに角砂糖を渡す時は多めに持たせてあげようっと」

休憩している間も、妖精たちはリズの周りを楽しそうに飛んでいる。

ソルマーニ教会でもアクアたち以外の妖精と会う機会はある。だが、一度にたくさんの妖精と遭遇するなんて滅多にないので、その多さに見入ってしまう。

（この数の妖精さんが教会に押し寄せたら、大騒ぎになりますね）

ヘイリーたちは妖精の姿が見えるので、一度に大勢の妖精が押し寄せたら腰を抜かすに違いない。

彼らの驚く姿を想像してくすくすと笑っていたら突然、森の奥から茂みを掻き分ける音が聞こえてくる。

リズは音のする方へ向いて、草むらに潜んでいる影を眺めた。

（なんでしょう？　野ウサギ……にしては大きな身体です。クマはこの辺りに出没するのでしょうか？）

クマ、あるいはオオカミだった場合どうすれば良いだろう。

メライアは安全な森だと言っていたが、魔物と同じでお腹を空かせた肉食獣が山から下りてきたのであればそれはそれで大変だ。

不安と恐怖で身が竦む。すると、いつの間にか現れたヴェントが肩に留まると優しく頬を撫でてくれた。

《落ち着いてリズ。心配いらないよー》

《大丈夫なの。あの子には前にも会っているの》

もう一方の肩にはアクアとイグニスがちょこんと座っている。

（前にも会っている？）

それは一体誰だろう。

怖がりながらも、リズは一歩前へと足を踏み出し、音のする方へと近づいていく。

そして、茂みの中を覗き込むと、同時にそこから白い塊が飛び出してきた。

リズは白い塊にそのまま押し倒されてしまう。

「きゃあっ！」

びっくりして悲鳴を上げるも、ふわふわとした柔らかい毛が頬に当たる。

真っ白な毛並みにお日様の匂い。そこからリズはこの生き物がなんであるのかを言い当てた。

「アスラン！」

「キュウン」

それはクロウが飼っている不思議な魔物、アスランだった。相変わらず人懐っこい性格で敵意はまるでない。

リズはアスランのたてがみに顔を埋め、存分に頬擦りをした。

「アスランの毛並みはなんて素敵なの。嗚呼、相変わらずふわふわで気持ち良い～」

アスランもリズに会えて嬉しいようで、ゴロゴロと喉を鳴らしてくれる。それから一頻《ひとしき》り毛並みを堪能させてもらったリズは、どうしてアスランがここにいるのか不思議に思った。

何故ならアスランは平生、要塞で暮らしている。脱走してここまで来てしまったのだろうか。しかしアスランは人間の言葉をよく理解している賢い魔物だ。ここまで来たのには何か訳があるはずだ。

「アスランはどうしてここにいるの？　要塞にいないと心配されるよ？」

すると、アスランは鼻面《はなづら》をリズのスカートのポケットに押しつけてくる。中に入っているものを取り出せば、それは六芒星が刻まれた孔雀石――守護石だった。

守護石を見たリズはアスランがここまで来た理由を悟った。ずっと教会から帰ってこないクロウを心配して要塞を抜け出してきたのだ。

「アスランはクロウに会いたいの？」

尋ねたら尻尾を揺らしながら頷いた。

「だけど、アスランを連れて帰ったらヘイリー様たちがびっくりすると思う。……どうしよう」

うーんと唸っていたら、アスランが「キュウウ」と悲しい声で鳴いてくる。

捨てられた子猫のような瞳でこちらを見つめ、前足をふみふみしている。リズはますます庇《ひ》護欲《ごよく》を掻き立てられた。

「ううっ、そんな声で鳴かれたら良心の呵責《かしゃく》に耐えられないよ」

困り果てていたら、イグニスが口を開いた。

《リズ、アスランを連れていっても問題ないよ。彼は魔物じゃないから》

「えっ？　そうなの？　でもクロウは魔物だって言ってたけど」

イグニスはきっぱりと否定する。

《魔物の額にある核は赤色をしている。だけどアスランの核は青色だ。赤毛の男が魔物と言っていたのは、多分核があるせいだと思うけど、そもそも彼は魔物じゃない》

イグニスがアスランのことを「彼」と呼ぶので、どうやら男の子らしい。そしてアスランが魔物ではないなら、一体どういった生き物なのだろうか。

魔物と動物の違いは額に核があるかどうかで見分けがつく。

青色の核に翼の生えた獅子。これは突然変異の動物と判断するべきだろうか。

答えが出ずに考えあぐねているリズに、アクアがアスランの正体を明かしてくれた。

《もったいぶらずに結論から言うの。アスランはまだ子供だけど妖精界の中でも位の高い風の妖精獣なの》

妖精界にはいろんな種類の妖精がいる。

水の妖精、風の妖精、火の妖精といった自然を司《つかさど》る妖精。それと同様に自然を司る妖精獣がいて、その他に妖精女王を世話する妖精や妖精獣がいる。

妖精と違って妖精獣は滅多にこちらの世界には現れないので、大変貴重な存在かつ出会えたら奇跡だと言われている。

リズは聖学で妖精獣については習っていたが、詳しい見た目の記載はされていなかったし、見るのも初めてだった。そしてクロウが魔物と言っていたので、てっきりそうなのだと思い込んでしまっていた。

「アスランは妖精獣だったんだ。それなら、一緒に帰っても大丈夫だね」

「キュウ！」

アスランは尻尾を元気よく振って笑顔になった。それが可愛らしくてリズは彼の顎下を優しく撫でる。

「でも、どうして妖精獣がこっちに来たのかなぁ？」

《妖精獣は女王様の命令がない限り、こっちの世界には来ない。だからアスランは女王様に何

かを命じられたんだと思う》

「ふうん？　でも、それがなんなのかは分からないね」

彼の力になりたいが、あいにくアスランは喋《しゃべ》れない。子供だから喋れないのか、もともと妖精獣は喋れない生き物なのか、リズには分からなかった。

《アスランはまだ子供なの。多分だけど、もう少し大きくなれば喋れるようになるの》

リズの疑問に対して丁度アクアが答えてくれる。

それでもリズは彼がなんの目的でここへやって来たのか知りたくなった。

(何か良い手段はないでしょうか)

どうしたものかと頭を捻らせていたら、アスランがおもむろに立ち上がり、リズの前で身体を伏せる。

「わあ、背中に乗せてくれるの？」

アスランが頷くのでリズはお礼を言って背中にぴょんと乗る。彼がこちらの世界に来た理由を突き止めたいリズだったが、また触り心地の良い背中に乗せてくれるとあってはそれどころではなくなってしまった。

リズを乗せたアスランは走り出すとスピードを上げ、風のように森の中を駆け抜ける。お陰で予定より早く教会に到着できた。

早速アスランをクロウに会わせるため、リズは離れ棟へ向かった。ところが、離れ棟へ行ってもクロウの姿はなかった。鍛練をしていると言っていたが離れ棟近くではなかったのだろうか。

「いないねぇ」

隣にいるアスランがあからさまにしょんぼりするので、リズはたてがみを撫でる。

「大丈夫。また後で会えるよ」

下を向いて悲しい声で鳴くアスランを宥《なだ》めたリズは、修道院の方向へと視線を向ける。

クロウに会えないなら先にヘイリーたちにアスランを紹介した方が良いかもしれない。リズは三人の予定を思い出す。

この時間帯だとヘイリーは礼拝堂で信者の懺悔《ざんげ》を聴いているし、ケイルズは畑仕事をしている。メライアは写本作業に追われているので、三人にアスランを紹介するのは夕食時になりそうだ。

（仕方ないです。それなら今のうちに夕食を作ってしまいましょう）

そうと決めたリズは三人の妖精とアスランを連れて厨房へ行き、調理台の前に立った。

「今日は魚料理の日だけど、魚がないから代わりにビーツのマッシュポテトと、キャベツとソーセージの白ワイン蒸しにするよ。でもその前に、森で摘んだ甘いブルーベリーでお菓子を作ろう」

オーブンを温めている間にまずは湯煎《ゆせん》でバターを溶かす。ボウルに卵を割り入れて溶きほぐしたら、はちみつを入れて泡立て器で混ぜる。そこに溶かしておいたバターを入れ、さらに薄力粉と砂糖をふるいながら、ゆっくりと混ぜ合わせていく。

洗っておいたブルーベリーを加えてさっくり混ぜ合わせたら、用意していた型にバターを塗って生地を流し入れる。

「残ったブルーベリーと他のベリーたちは後でシロップに漬けにしようっと」

リズがボウルの中を見て呟いていたら、イグニスが声を掛けてくれる。

《オーブンの温度、良い感じになったよ》

「ありがとう、イグニス」

イグニスに温度調整をしてもらったオーブンへ型を入れて二十分ほど焼けば、しっとりとしたきつね色の中に、艶めいたブルーベリーがアクセントのマドレーヌが完成する。

香ばしいバターとブルーベリーの甘酸っぱい香りが厨房に充満して食欲をそそる。

味見したくなったリズだったが、これはみんなで一緒に食べるべきだと自分を戒め、次の準備に取りかかった。

マドレーヌを冷ましている間にリズはビーツのマッシュポテトと、キャベツとソーセージの白ワイン蒸しの支度に取りかかる。

厨房隅の床には、蓋を開けると半地下の冷蔵室へ続く入り口がある。

リズは蓋を開けて階段を下り、ソーセージを取りに行った。冷蔵室は薄暗いのでイグニスが作ってくれた灯りを頼りに食材を探す必要がある。

ここには調味料や小麦粉、保存食などが保管されている。保存食の棚には数日前に買い置きしておいたベーコンやソーセージがあった。

ソーセージはノーマルのものとハーブが入ったものがあり、今回はキャベツの味を引き立てたいのでノーマルのものを選んだ。

階段を上がって厨房に戻ったら、アクアとヴェントが洗い物を終わらせてくれていた。何も言わなくても二人はリズが使った食器類を綺麗に片付けてくれるので大変ありがたい。

（角砂糖を追加でお礼しないといけませんね）

三人の働きぶりに感謝しつつ、調理台の前に立つとまずはソーセージとキャベツの白ワイン蒸しから作り始めた。

まな板の上に置いたソーセージにフォークで穴を開け、キャベツは食べやすいサイズに切っておく。

フライパンを中火で温めたらオリーブオイルをひいてソーセージを転がしながらこんがりと焼き、焼き目がついたらキャベツを投入する。キャベツがしんなりとしたら白ビネガーを入れて煮詰め、さらに白ワインを加えて蓋をしたら弱火で蒸し焼きにする。

（白ワインを入れるだけでも充分良い味がするのですが、白ビネガーを入れるとコクが増して美味しいんですよね）

長年、試行錯誤してドロテアの食事を作ってきただけあってリズの頭の中にはちょい足しすると美味しくなるリストがある。次に作るビーツのマッシュポテトにもそのちょい足しがいかされている。

よく洗ったビーツを皮付きのまま、たっぷり水が入った鍋に入れて茹でる。その間にジャガイモの皮を剥いて一口大に切り、これまたたっぷり水が入った鍋に入れて茹でていく。

それぞれ茹で上がったら、ビーツはザルに上げて粗熱を取り、ジャガイモはボウルに移しておく。粗熱の取れたビーツは皮を剥き、一センチ角に切ってジャガイモが入ったボウルの中に入れる。

続いてボウルに塩とバターを加えてマッシュする。ある程度潰せたら、様子を見ながらミルクを少しずつ加えていく。このミルクを入れることで口当たりの良い滑らかな仕上がりになる。

そしてここでリズの頭の中にある、ちょい足しリストが光る。この滑らかなマッシュポテトにオーブンでローストしておいたナッツを砕き入れると、さらに美味しくなるのだ。

(このビーツのマッシュポテトはとってもお気に入りなのです。普段小食な叔母様もお代わりしてくださいました。だからきっと、ここのみなさんも気に入ってくださるはず)

ふふっと鼻歌を歌いながらリズはビーツのマッシュポテトを皿に盛りつけていく。

「あとはキャベツとソーセージの白ワイン蒸しを盛りつけるだけ。……丁度、パセリがハーブ畑にあったからあれを散らそうっと」

メライアに教えてもらうまで知らなかったのだが、厨房の裏勝手口を出てすぐの場所には小さなハーブ畑がある。そこにはバジルやパセリ、ローズマリーが自生していて好きに使って良いと言われた。

鋏《はさみ》を手に持ったリズはハーブ畑に生えているパセリを取りに行く。パセリは葉の緑色が鮮やかで、みずみずしいものが食べ頃だ。

(今日はみなさん、どんな反応をしてくれるのでしょう。どうか喜んでくれますように)

美味しそうに食べるみんなの姿を見るだけで、リズは明日も美味しいご飯を作ろうという気力が湧いてくる。

リズが鋏で適当にパセリを摘んでいたら、厨房から雄叫《おたけ》びのような叫び声が聞こえてきた。

(一体なんでしょう?)

驚いたリズは走って厨房へと戻る。

「どうしたの⁉」

勝手口から顔を出せば、厨房の入り口には腰を抜かして震えるケイルズがいる。

リズに気づいたケイルズがこちらを向き、震える指で何かをさした。

「リ、リリリズ、あそこにいるのは……」

指さす方向へ視線を走らせたら、そこにはアスランがいる。

アスランはケイルズが叫んだにもかかわらず、厨房の床に伏せて目を閉じていた。

リズはケイルズがアスランに驚いたのだと分かると息を吐いた。

「ケイルズ、大丈夫だよ。アスランは身体が大きいだけで魔物じゃないから襲わないよ」

しかし、リズの言葉が耳には入っていないようで、ケイルズは混乱しているままだ。

「なっ、なんでここに……え？　ええ⁉」

あまりの混乱ぶりにリズは苦笑した。

「ケイルズ、落ち着いてったら」

リズがケイルズを落ち着かせていると先程の叫び声を聞きつけて、ヘイリーやメライアも集まってきた。

「一体どうしたのですか……って、これは……妖精獣ではないですか！」

ヘイリーはケイルズと違ってアスランが妖精獣だと分かったようだ。

ただし、いつも温厚で少しのことでも動じないヘイリーが珍しく大声を上げている。やはり、妖精獣は滅多に出会えない奇跡の存在なので相当驚いているようだった。

メライアはというと、ぽかんと口を半開きにしてその場に突っ立ったままだ。

「リズ、どうして妖精獣が厨房で寛《くつろ》いでいるのですか？」

ヘイリーに尋ねられてリズは答える。

「アスランはもともとクロウがお世話している子なんだよ」

「まさか妖精獣を飼っていると⁉　あの妖精獣を⁉　しかも名前までつけている⁉」

予想外の言葉を聞いて、さらにヘイリーの声は大きくなる。

これでは埒《らち》が明かない気がしたのでリズはことの経緯をヘイリーたちに話した。

「――なるほど。赤ん坊の頃に助けてそのまま懐いてしまったと」

神妙な表情を浮かべるヘイリーに対して、ケイルズが頭を抱えた。

「いやいや。いくら赤ん坊の頃に助けたからって、妖精獣が懐くなんて聞いたためしがないよ！」

議論していたら、アスランが目を開け、耳を小刻みに動かしながら頭をもたげた。それから身体を起こして裏の勝手口へと移動する。扉をカリカリと軽く爪で引っ掻くのでリズが声を掛けた。

「アスラン、お外に出たいの？」

アスランが頷くのでリズは扉を開けてあげようと近づいて手を伸ばす。ところが、リズが開けるよりも先に勢いよく扉が開く。そこにいたのはクロウだった。

「騒がしいから泥棒が入ったのかもしれないと思って、駆けつけさせてもらった。一体どうしたんだ？」

帯剣して現れたクロウは血相を変えて、厨房内を観察する。

続いて、手前にちょこんと座るアスランを目にした途端、彼は破顔して両手を広げた。

「アスラン！　一体どうしてここに来たんだ⁉」

アスランは親を見つけた子供のようにクロウに駆け寄り、ゴロゴロと喉を鳴らして顔をクロウの身体に押し当てる。

「何も告げないままいなくなってすまない。寂しい思いをさせてしまっているな。マイロンに面倒を見てもらうよう頼んできたが……やはりだめだったみたいだな」

以前クロウは、アスランが自分以外の相手には懐かないと言っていた。マイロンに面倒を見るようお願いしていたようだが、アスラン本人がそれを嫌がったようだ。

因みにクロウから聞いた話では、マイロンは短く刈り上げた焦げ茶色の髪に杏色《あんずいろ》の瞳を持つ青年だ。頑健な体躯《たいく》で背は高く、聖騎士の制服に身を包んでいるが、風貌からして傭兵のようにも見えるらしい。歳はクロウの一つ上でさほど変わらないがその見た目のせいで三十代半ばに間違えられるそうだ。

「マイロンは強面《こわもて》だが動物好きで面倒見も良いのに、アスランはだめなのか……」

クロウはアスランに嫌がられて悲しい顔をするマイロンを想像したのか苦笑する。

しかし、久しぶりにアスランに会えた嬉しさから、手は始終彼の白いたてがみをわしゃわしゃと撫でていた。

程なくして、置かれた状況を思い出したクロウは咳払いをしてから、困った表情を浮かべた。

「呪いが解けたらすぐにでもおまえの元に帰る……だからもう少し待っててくれ」

クロウは宥めるが、アスランは悲しい声で「キュウン」と鳴く。

その声は親から離れたくない子の鳴き声で、この場にいる全員が胸を痛めた。

「司教、どうかアスランのことは目を瞑っていただけないだろうか。俺が一生懸命、赤ん坊の頃から世話をしたので人に危害を加えることはありません」

真剣な目つきのクロウはアスランを庇うようにして前に立つと、ヘイリーの説得に入る。

クロウはずっとアスランのことを妖精獣ではなく、人に危害を加えない魔物だと思っている。

「アシュトラン殿が赤ん坊の頃からお世話をしていたのですか？　これまでに前例のない話ですね」

ヘイリーは妖精獣を赤ん坊の頃から育てたというクロウの話に感心していた。

「はい、俺が一から世話をした結果、彼は人を傷つけない善い魔物になりました」

ヘイリーはそこでクロウと話が噛み合っていないことに気づき、いつもの柔和な表情に苦笑の色を滲ませる。

「……アシュトラン殿、この子は魔物ではありません。知らないのも無理はないと思いますが、この子は伝説の妖精獣です」

「…………え？」

クロウは目をぱちぱちと瞬かせると「ようせいじゅう」とヘイリーの言葉を反芻《はんすう》する。そして、一拍置いてから言葉の意味を呑み込んだ後、一瞬にして顔を真っ赤に染めた。

食堂の長机の上には夕食用に作っておいた料理が並べられる。

ほわほわと湯気が立ち上る、パセリを散らしたキャベツとソーセージの白ワイン蒸し。砕いたナッツがアクセントになっているビーツのマッシュポテト。そして、デザートには森で摘んだばかりのブルーベリーをふんだんに使ったマドレーヌ。

それらを囲んで座るのはいつものメンバーに加えて顔を手で覆うクロウだ。まだ恥ずかしいのかほんのりと頬が赤い。

「その……本当に勘違いをして申し訳ない。アスランが妖精獣だとは露知《つゆし》らず……」

「アシュトラン殿が知らないのも無理ありません。妖精獣は教会でも伝説なので私たちも見るのは初めてです」

穴があったら入りたいと叫ぶクロウにヘイリーが大丈夫だとフォローを入れる。

クロウがアスランを妖精獣ではなく魔物と勘違いしていた理由は、アスランの見た目だった。魔物はオオカミやクマといった肉食獣の姿に似たものが多いのが特徴だ。そのため、ライオンの姿をしているアスランを見て魔物だと判断してしまったらしい。さらに額には青色ではあるが魔物と同じような核があるのでそれも勘違いした要因の一つだ。

とはいえ、アスランからは魔物から感じる邪気や人間に対する悪意を感じなかった。よって、クロウは突然変異で生まれた善い魔物だと思い込んでいたようだ。

「クロウ、日が沈んでしまう前に一緒にご飯を食べよう？　早くしないと料理が冷めちゃう」

隣に座るリズがぽんと彼の膝を叩いてご飯を食べるように促す。

「そ、そうだな」

クロウは小さく咳払いをして、みんなと一緒に感謝の祈りを捧げてから目の前の皿に視線を落とす。

手前に置いてあるフォークを手にし、まずはビーツのマッシュポテトを一口食べた。

その途端、先程まで羞恥心でいっぱいだったクロウの表情が一瞬で幸福に包まれる。

「……なんだろう。ただのマッシュポテトのはずなのに凄くクリーミーで美味しい」

「本当だわ。私が作っていたマッシュポテトと味も舌触りも別物ね。寧ろ違う料理としか思えない！　うちのリズはやっぱり天才よ！」

クロウとメライアがビーツのマッシュポテトを絶賛するのでヘイリーとケイルズも食べ始める。二人とも口にした瞬間に目を見開いて驚いていた。

「これはお代わりが欲しくなるくらい美味しいですね」

「リズは毎回想像以上の料理を作るから凄いよ！」

リズはみんなの反応が嬉しくて、にこにこと笑みを浮かべる。

「マッシュポテトはミルクと一緒に煮込むのが定番だけど、それだと水分の調整が難しいからマッシュしながら適宜ミルクを注ぐのがポイントなの。水分が多い少ないっていう失敗もなくて美味しいマッシュポテトができるよ」

リズが人差し指を立てて説明すると、みんなが感心した様子で耳を傾けてくれる。

「なるほど。私のマッシュポテトはミルクと一緒にジャガイモを煮ていたから緩かったのね」

納得したようにメライアが手のひらにぽんと拳を乗せる。

彼女はリズのご飯を食べるようになってから肌の調子や髪の艶が良くなったと喜んでくれる。

心なしかヘイリーとケイルズも初めて来た頃より血色が良く、肌がつやつやだ。

「本当にリズは賢くて物知りだね。それにこのキャベツとソーセージの白ワイン蒸しもとっても美味しいよ。いつもと同じソーセージで作った料理なのに、風味も味もワンランク上がった気がする」

「褒めてくれてありがとう、ケイルズ。ソーセージはあらかじめ穴を開けておいたから、白ワインを吸収してより一層美味しくなるよ」

解説するリズはフォークでビーツのマッシュポテトを掬うと一口食べる。香ばしいナッツが鼻を抜け、バターの風味が利いた滑らかなビーツとジャガイモが美味しい。

夢中で食べていたら、隣に座るクロウがじっとこちらを見つめてきた。

「クロウ、どうかした？」

首を傾げながら尋ねれば、クロウの手がリズへと伸びてくる。

「じっとして。口端についている」

クロウはリズの口元についたマッシュポテトを器用に指で掬うと、それをぺろりと食べた。

「なっ、ななな⁉」

たちまちリズの顔は火山が噴火したようにボンッと真っ赤になる。

(私の口元についたマッシュポテトをクロウさんが食べました⁉)

頭の中が真っ白になったリズは口をぱくぱくと動かすだけ。

「どうしたんだ、リズ？　照れているのか？　可愛いなぁ、リズは」

クロウはリズを子供として扱っている。しかし、中身が十七歳であるリズにとっては、心臓が持たないくらいの破壊力だった。

「も、もうっ、クロウったら。わ、私を子供扱いしないでよ。これでも私はれっきとしたレディなんだから」

頬を膨らませて主張するも、クロウはリズが子供扱いされたことをまた不服に思っていると勘違いしているようだ。現に今も頭をぽんぽんと叩いてあやしてくる。

「子供扱いして悪かった。さあ、食事を楽しもう。君が作る料理はどれも絶品だから」

クロウに促されてリズは再びご飯を食べ始める。

◇

その後デザートが済んでも、後片付けをしていても、リズの頬の熱はなかなか取れなかった。

クロウは早朝から離れ棟の外で鍛練を行っていた。

一汗掻いたところで一旦休憩に入り、近くの水場で顔を洗う。水が滴る前髪を掻き上げながらタオルで顔を拭き、肩に掛けて空を見上げた。

朝日が山肌から顔を出し、青々とした山の木々を照らしている。遠くにある堅牢な要塞の白い壁は暁色に染まり、普段とは違う顔を見せていた。

要塞では昼も夜も関係なく、シルヴァの隊員たちが国境警備に当たって魔物が近くを彷徨っていないか目を光らせているだろう。

そして、昨日教会へ来ていたアスランは、要塞でまだ眠っているに違いない。

（この時間帯だとそろそろ司教たちが起きて活動を始める頃だろう）

ふと、三日前のリズの表情が頭を過る。口端についたビーツのマッシュポテトを取ってそれを食べたら、顔を真っ赤にして涙目になっていた。その姿はとても愛らしく、守ってあげたいという庇護欲を掻き立てる。

彼女は子供扱いされるのが嫌いなようだ。まだ十歳にも満たない女の子。子供扱いしないで欲しいと言われても、不思議とませている感じはしない。

日頃の彼女の大人びた態度や雰囲気からして、確かに子供扱いするのは良くなかったと少しだけ反省した。

（リズはその辺の同い年の子供とは違う。だからこそ、子供扱いするのはあまり良くないかも

しれないな）

気を取り直して次の鍛錬に入るべく、タオルを木の枝に掛けていたらピアスが振動し始めた。

クロウは留め具に触れた。

《――やあ、クロウ。その後容態はどうだい？》

なんとも気の抜けた声で話しかけられるが、相手は他でもない国王のウィリアムだった。早朝とはいえ、今は外にいるのでクロウは木の陰に隠れて周囲を確認しながら答える。

「ヘイリー司教が加護石をくださったお陰で、今のところ廃人にはなっていません。教会敷地内であれば自由に動けます」

《流石、元大司教のヘイリーだ。私の命を助けるために彼は自身が保有する聖力のほとんどをなくしてしまった。惜しい人材を失ったと未《いま》だに後悔している》

先程までの声色とは打って変わって、物悲しい色を帯びている。

ヘイリーが聖力のほとんどをなくしてしまった理由は、七年前に開催された狩猟大会でウィリアムが魔物に襲われてしまったからだ。近衛騎士が護衛をしていたが少数編成であったために歯が立たなかった。

魔物に噛みつかれた場所が悪かったウィリアムは、瞬く間に瀕死《ひんし》の状況に陥ってしまった。

本来、聖力は使っても休んでいればまた使えるようになる。聖力を持つ人間はそれぞれ聖力の保有量が決まっていて、それを使い切ってしまうと二度と元の量には戻らない。

よって一気に放出して聖力を失わないよう、身体は聖力の保有量に見合った量を小出しにするよう自然と調整してくれている。

しかし、ヘイリーはウィリアムの命を救うために体内に保有していた聖力を一気に解放し、ほとんど使い果たしてしまった。これによりヘイリーは以前のような力を持つことができなくなり、自ら大司教の席を明け渡して辺境地のスピナへと引っ込んでしまった。

「司教は聖力を失って後悔はないと言っていましたよ。陛下が悔やまれてはそれこそ司教の面目が立ちません」

《……それもそうか。人を助け導くのが彼の務めだものな》

ウィリアムは自分の抱いている感情がヘイリーの矜持《きょうじ》を傷つけると気づき、考えを改める。

どこか吹っ切れたような息遣いをするウィリアムは改めて本題に入った。

《この間言っていた人物、メアリー・ブランドンの身元が判明した。彼女は王都から南の商業都市で栄えている商家の娘だ。彼女が四歳の頃に母親のジェシーは病死している。メアリーの方は一年前から行方不明になっているようだ》

隠密の調査によればメアリーは長女であり、正式なブランドン家の子供だったが、父親の後妻と異母妹に虐められていたという。父親はメアリーには無関心で助けようともしなかった。

それもあってメアリーは常に周りの目を気にして怯えながら生活していた。

「他に彼女について何か分かりましたか？　行方不明になる前は？」

《行方不明になる前、メアリーは頻繁に男と会っていた。男と会う度にメアリーは浮かれていてとても幸せそうだった、と目撃した住人が漏らしていた。ただ、その男は聖騎士だったという情報が上がっている》

クロウはぴくりと片眉を跳ね上げた。

（聖騎士？　ということは、教会側とメアリーの失踪には何か関係があるのか？）

ウィリアムの話を聞いて逡巡《しゅんじゅん》していたクロウだったが突然顔を上げた。

遠くの方からぱたぱたと走る音が聞こえてくる。それは徐々にこちらに近づいてきていた。

「……陛下、申し訳ございません。誰か来たので一旦通信を切らせていただきます」

クロウは素早く通信を切る。

程なくして、顔を真っ青にしたケイルズがこちらに駆けてきた。

「ケイルズ、こんな朝早くにどうした？」

「クロウ殿、大変です。き、緊急事態ですよ‼」

ケイルズは息を整えながら次の言葉を紡ぐ。

「たった今、要塞から連絡がありまして、……シルヴァの半数が魔物の毒にやられて重症になっているそうなんです‼」

「なんだと⁉」

クロウは目を見張った。

（マイロンから魔物が現れる回数が減った報告を受けていたが、回数が減っただけで強い魔物は健在だったのか）

クロウは奥歯をぐっと噛み締める。

魔物の毒は種類にもよるが大半が即効性だ。

彼らを離れ棟の隔離施設まで連れてくるにしても、ベッドの数が足りない。さらに言えば、隊員の半数が重症の状況で残りの半数に要塞をあけて手伝わせる訳にはいかない。

この混乱を突いて、魔物が要塞へ押し寄せてくればスピナに危険が及んでしまう。

「まずは司教と話し合わなければ」

クロウはケイルズと一緒にヘイリーのいる司教室へと急いだ。

◇

廊下を慌ただしく駆けていく音が聞こえて、リズは目を覚ました。今日は朝から騒がしい。

目を擦りながら起き上がり、うーんと大きく伸びをする。まだまだ微睡《まどろ》む意識の中、ベッドから這《は》い出して窓を開く。

今日も晴天で清々《すがすが》しい朝だ。なのに、変な胸騒ぎがするのは何故だろう。

胸元に手を当てて首を傾げていたら、三つの球体が森の方から飛んでくる。

《おはようなの、リズ》
《浮かない顔をしているけどどうしたのー？》
《何か心配事でもあるなら話してみてよ》
「おはよう。なんだが妙な胸騒ぎがするの。部屋の外も慌ただしいし……何かあったのかなぁ？」
この胸騒ぎがただの杞憂《きゆう》であって欲しい。しかし、いつだってこの胸騒ぎはリズの期待を裏切る。
父が事故に遭ったという知らせを聞いた時も、聖杯を壊した罪を着せられた時も。それらが起きる前には必ず心臓がドクドクと妙に速く脈打つのだ。
そして、今回もその予感が的中してしまった。
妖精三人は顔を見合わせてから頷くと、アクアが最初に口を開いた。
《要塞にいるシルヴァの騎士たちの半数が魔物の毒霧にやられたの。毒の巡りが速いから、早くしないと助からないの》
「……っ‼」
リズはパジャマのまま部屋を飛び出して廊下へと出る。
「早く、お手伝いしなくちゃっ！」
毒に冒されて苦しむ彼らを想像した途端、恐ろしくなって腹の奥底が縮み上がった。

なんでも良いから彼らの力になりたい。役に立ちたい。だって、彼らはクロウの大事な仲間で、いつもスピナを守ってくれているのだから。

廊下の突き当たりまで全力で走ったところで、リズはふと足を止めた。

(でも今の私が応援に入って何ができるんでしょう……)

不安が頭を過った途端、無力感を感じて動けなくなった。

薬の作り方は教わっていない。そもそも解毒薬の材料はとても貴重なため入手が困難である上、完全に取り除くには聖力が必要になる。聖力なしでも解毒薬は作れるが重症であればあるほどその効力は薄くなる。

結局のところ、リズにできることは何もない。

小さな手のひらを眺めながら俯いて考え込んでいたら、イグニスが目の前にやって来る。

《不安なのは分かるけど、まずは落ち着いて着替えようか。それでいつものように美味しいご飯を作るんだ。前にも言ったけど、リズのご飯を食べればみんな癒やされるから元気になるよ》

――ご飯を作ればみんなが癒やされる。

イグニスの意見は一理ある。しかし、魔物の毒は体内を循環するとメライアが聖学の時間に言っていた。毒に冒されると猛烈な痛みに襲われ、魔物の種類によっては他の症状も追加される。当然食べられる状況ではないように思う。

「シルヴァの隊員さんたちは魔物の毒を受けたんだよね。きっと苦しいはずだからご飯を口にする余裕はないと思う」

《この間作ったベリーシロップを使うと良いよー。あれなら呑み込むだけだし大丈夫ー。それに解毒薬はとっても苦いから口直しに良いと思うー》

ヴェントのアドバイスを聞いたリズは弾かれたように顔を上げた。

良薬は口に苦し。リズも風邪で寝込んで薬を飲んだことがあるがその度に口の中に苦みが残って不快だった。シロップは甘いので良い口直しになるし、液体だから呑み込むだけで咀《そ》嚼《しゃく》する必要もない。

それに薬以外の甘い物を食べれば、少しは気力が湧くかもしれない。

「妙案だよ、ヴェント。これなら私にもできるお手伝いだし。早速シロップを持っていく準備をするね」

自分の役割を見つけたリズは、イグニスにパジャマ姿を指摘されていたので一度部屋に戻って着替えた。

それからヘイリーたちが集まっているであろう司教室へと向かう。予想通り、そこにはヘイリーとクロウがいて、二人で話し合っている最中だった。

「司教、離れ棟に重症者を連れてくるには人手もベッドの数も足りません。要塞で治療をした方が早いと思います」

「その方が良さそうですね。教会本部に連絡すると、今回は危機的状況と判断してくれたようで、早急に本部の人間を派遣してもらえました。アシュトラン殿の時は別件で身動きが取れず、難しかったようですが今回は全面的に協力してくださいますし、あなたの呪いも浄化してくれると言っていました。替え馬を使えば数日でスピナに到着するでしょう」

ヘイリーの話を聞いたクロウは安堵の息を漏らした。

「それなら良かったです。一先ず、樹海で採ってきた薬草が要塞にありますのでそれを煎じて飲ませてください」

ヘイリーは少しだけ安心したように表情を緩める。

「それは非常に助かります。是非、その薬草をいただけますか。毒を浄化できるほどの聖力はありませんが、私の僅《わず》かな聖力を込めて解毒薬を作りましょう」

「薬草は病室隣の部屋に保管してあります。好きに使ってください。ところで司教、俺の呪いですが……」

「あのう、ヘイリー様……」

そこでリズが二人の話に割って入った。まだ会話が終わっていないのに話に入るのは行儀が悪い。しかし、二人が足早に歩き出そうとしていたので咄嗟《とっさ》に声を掛けてしまった。

「お話し中にごめんなさい。だけど私も要塞へ連れていって欲しいっ‼」

リズはヘイリーの服の裾を掴んで懇願した。

当然ではあるがヘイリーは微笑みながらも困っている。

「絶対絶対、邪魔しないから。だから……」

お願い、という言葉と同時にリズは頭を下げる。

その様子を眺めていたクロウが、おもむろに口を開いた。

「俺からもお願いします。リズを要塞へ連れていってあげてください。彼女ならきっとみんなの役に立ってくれます」

「クロウ……」

まさかクロウが後押ししてくれるなんて思ってもみなかったリズは、驚きと同時に彼から認めてもらえたような気がして胸が熱くなった。

リズが感動して顔を伏せていたら、クロウが側に寄ってきて頭を優しく撫でてくれる。

「俺も行きたいのは山々だがまだ呪われている身だ。ここから出るのは危険だから、代わりにリズがみんなを助けてくれ」

「うん！　任せて‼」

リズが元気よく答えると、ヘイリーが頬を掻きながら側に寄ってきた。

「……分かりました。リズにも看病を手伝ってもらいましょう。人手も足りないでしょうからね」

隊員の苦しむ姿など子供に見せるものではないと考えていたため、リズを連れていくか迷うヘイリーだったが最終的に手伝いを了承してくれた。

クロウはリズの願いが聞き入れられたのを見届けると、リズの頭から手を離す。

「何もできないのがもどかしいですが、俺は俺のできることをします」

クロウはそう言って懐から加護石を取り出してきつく握り締める。

彼が言う自分にできることとは呪いを悪化させないよう、大人しく教会に残ることのようだ。

その様子を見たリズは胸が苦しくなって表情を歪める。自分が同じ状況だったらきっとこの状況に憤っていただろう。大切な仲間が重症なのに自分は側に行って助けられないのだから。

「教会本部の使者が要塞に到着したら、必ずアシュトラン殿の呪いも解いてもらうよう、ここに連れてきます。もう少しだけ我慢してください」

クロウはヘイリーの言葉を聞いて頷き、身を翻《ひるがえ》して司教室から出ていった。

（あなたの代わりに私、頑張ってきますから）

リズがクロウの背中を見送っていたら、ヘイリーに声を掛けられる。

「メライアが先に要塞へ行って看病してくれています。大人数に対してメライア一人だけではいずれ過労で倒れてしまいますから、大急ぎで準備をして私たちも出発しましょう」

「はいっ！」

リズはヘイリーと一緒に薬工房へ行き、必要なものを集め始めた。薬工房は教会本部と同じような造りになっていて、少しだけ懐かしい感じがした。

リズはヘイリーの指示に従って、てきぱきと器材を集め始める。すり鉢にすりこぎ棒、小鍋。その次に日の入り前に集めた朝露やはちみつ、満月に咲いた夜花、リンデンフラワーなど、解毒薬に必要な材料も集めていく。

ヘイリーはその様子を眺めながら腰に手を当てると舌を巻いた。

「リズは凄いですね。薬を作る器材が何か分かっています」

椅子に乗ってテーブルにリンデンフラワーを置いたところで、リズはびくりと肩を揺らして手を止めた。

（それは私が教会本部の薬工房でお手伝いをして、普段から器材に触れていたからですとは口が裂けても言えません……）

リズはぐらかすような笑みを浮かべて答えた。

「えへへ。それは分かりやすい場所にあるからだよ。ヘイリー様が日頃から整理整頓してくれてるお陰だね」

リズは椅子からぴょんと飛び降り、手を後ろ手に組んで覗き込むようにして尋ねる。

「さあヘイリー様、あと必要なものはどぉれ？」

ヘイリーは「ええっと」と呟きながら側頭部に手をやって室内を見回した。

「必要なものはこれですべてです。手伝ってくれてありがとうございます。リズも持っていくものがあるのならこの鞄に詰めてください。私は先に馬小屋にいます」

リズは厨房に行って受け取った布製の鞄に必要な荷物をまとめた。

準備が完了して馬小屋へ行ったら、ヘイリーとケイルズが荷馬車に荷物を載せていた。

「清潔なタオルとシーツ、あと、地下の氷室に保存していた氷も用意しました」

荷物を積み終えた後、ケイルズは備品の最終確認をしてヘイリーに話しかける。

「漏れはなさそうです。司教が要塞へ行かれる以上、留守番は僕がします。気をつけて行ってきてください」

「抜かりない準備をありがとうございます。私がいない間、教会は頼みましたよ」

二人の会話を聞いていると、普段から有事の際の分担が決まっているようだった。

ヘイリーとメライアが現地へ赴き、ケイルズが教会で留守番をする。聖職者は三人だけだがうまく連携が取れているように思う。

リズはヘイリーに抱き上げられ、御者台に乗せられた。その隣に腰掛けるヘイリーは手綱を握り、掛け声と共に馬を走らせた。


ソルマーニ教会と要塞を繋ぐ道はここから一本道。見晴らしも良いのであとどのくらいで要塞へ着くのか大凡《おおよそ》見当がつく。

半分くらいの距離を過ぎるとリズの中で緊張感が高まる。

「ヘイリー様、魔物の毒はどういった症状なの？　一般的な毒については聖学で学んだけど、魔物によって症状が追加されると聞いたよ」

「そうですね。毒は魔物にもよりますが、スピナ周辺に生息している魔物たちの毒を浴びた場合、身体に激痛が走って息苦しい症状、高熱が多いです。毒の濃度が高いと肌に紫色の痣《あざ》が浮き出てきます」

「それは……とっても怖いね」

凄惨な状況を想像したリズは自身を抱き締めてぶるりと身体を震わせた。

（メライアと一緒に聖学を勉強しましたが、感染症ではないので他人には移りません。でも、悪い気が溜まると魔物の邪気が強まるので室内の衛生管理は徹底させておく必要がありますね）

隊員の半分が魔物の毒にやられて壊滅状態。少しでも軽症の人から回復してもらわなくては、穴埋めで休みを返上して要塞を守ってくれている聖騎士の負担が大きくなる一方だ。

（私にできるのはお掃除をして清潔な空間を保つことと、薬を飲んだ後にベリーシロップを飲ませる二つのようですね）

頭の中に自分の役割を再度叩き込んだリズは、拳をきつく握り締めて自らを奮い立たせた。

要塞に到着したリズはその存在感に圧倒されていた。

高く築かれた建物は頑丈な造りで魔物の侵入だけでなく、敵兵の攻撃すらも返り討ちにできるような構造になっている。要塞という場所が新鮮に映る一方で、殺伐とした空気を肌で感じとる。

門番に通されて要塞内部へ進んでいくと、その空気はより一層濃くなって自《おの》ずと肩に力が入った。馬小屋に馬を繋いでから、リズは荷物を運ぶヘイリーと門番の後ろをついて歩いた。

案内された石造りの建物の中に入り、前を歩いていた門番がくるりとこちらに身体を向ける。

「こちらで少々お待ちください。副隊長を呼んで参ります」

廊下を曲がって姿を消した門番は、程なくしてマイロンを引き連れて帰ってきた。

彼は逼迫した表情でヘイリーに挨拶をする。

「ヘイリー司教、よくお越しくださいました」

「挨拶はそこまでにしましょう。今は病室にいる患者の容態が知りたいので案内していただけますか？」

「承知しました。先に到着されたメライアさんには看病をしていただいています」

言葉遣いこそ丁寧だがマイロンは足早に病室へと案内してくれた。

渡り廊下を通って屋内に入り、進んでいくうちに奥の方から苦しそうな呻き声が聞こえてくる。突き当たりにある扉の向こうがそうだろうか。

リズが前を見据えながら考えていたら、丁度扉が開いて中から額の汗を拭うメライアが現れた。彼女はこちらに気がつくと少しホッとしたような表情を浮かべた。

「司教、早めに来てくださりありがとうございます。マイロン様も今までお手伝いありがとうございます。あとは私たちで看病を行いますので仕事にお戻りください」

「分かりました。また、何かあればいつでも声を掛けてください」

マイロンは一礼してから踵《きびす》を返す。

隊の半分が毒に冒されているため、前線で戦える人間の数には限りがある。その中でマイロンは人員を回して要塞を守っている。

クロウに代わって重責を担っている彼が精神的に一番疲弊しているはずなのに、そんな素振りは少しも見せない。

リズが感心してマイロンの後ろ姿を眺めていたら、ヘイリーがメライアに質問を投げる。

「メライア、騎士たちの容態はどうですか？」

ヘイリーが状況の確認をとるとメライアが声を潜めた。

「……それが報告を受けていた通り、ほとんどの方は重度を表す紫色の痣が全身に現れているので、早く対処しないと手遅れになってしまいます。あと、必要な薬草をお持ちしました」

メライアは解毒薬の元となる薬草の束をヘイリーに手渡す。

ヘイリーはありがたく受け取り、病室に入って患者の様子を確認し始めた。メライアの言う通り、騎士たちの腕や脚、顔といったあらゆるところに紫色の痣が浮き出ていて、毒の恐ろしさを痛感した。

痛々しい姿を目の当たりにしたリズは辛《つら》くなる。

（もう大丈夫ですよ。ヘイリー様が解毒薬を作ってくださいますので、あと少し辛抱すれば身体が楽になりますから）

祈るようにして手を組むリズは、心の中で患者たちに語りかける。

すると、眉間に皺を寄せたヘイリーが深刻そうな表情を浮かべてさっと病室を出た。

メライアとリズは顔を見合わせると、慌ててヘイリーの後を追いかける。

「司教どうされたのですか？」

メライアが尋ねるものの、ヘイリーは浮かない顔をしたままで黙り込んでいる。

やがて、意を決したように重たい口を開いた。

「全員があれほど重症だと解毒薬を作るにしても私の聖力も薬草の量も足りませんし効き目があるかどうか……。替え馬を使って教会本部から使者が来てくださるにしても、数日は掛かりますから、そうなると……」

――命の選別をしなくてはいけない。

そう言って口を噤んだヘイリーの表情に暗い影が落ちる。自分の無力さに憤っているのか薬草の束を持つ手は小刻みに震えていた。

メライアもリズも彼の話を聞いて無力さを感じた。

（全員を助けられないなんて……）

今回は薬草の量に対して患者の数、そして重症者が多すぎた。

聖力の込められていない解毒薬では毒の進行を遅らせるだけで、完全に消すには聖力が込められた解毒薬が必要になる。

重症者の場合は解毒に加え、体内に溜まった邪気を浄化しなくてはいけない。つまり、充分な聖力の持ち主が必要になる。

みんなに薬を行き渡らせるのを優先すれば、解毒が中途半端に行われるだろう。

解毒薬は効き目が薄いと却って苦しみが増すだけだ。かといってそのまま放置しておけば命の危険に晒される。

確実な解毒を行うには人数を絞り、解毒薬を飲ませるしか方法はない。

ヘイリーが命の選別をしなくてはいけないと言っていた意味がひしひしと伝わってくる。

リズは悔しくて唇を噛み締めた。

ヘイリーの意見は正しい。確実に救うためには隊員一人一人を天秤《てんびん》にかける必要がある。

頭ではちゃんと分かっている。それでも、リズは全員を救いたい。

ただの自己満足だと非難されるかもしれないが、毒に苦しむ隊員たちの心を和らげたい。

リズは拳に力を入れて眉を吊り上げ、ヘイリーを見据えた。

「ヘイリー様、私はここで諦めたくない。手を尽くしてもいないのに命の選別をするなんて絶対嫌。だから、患者さんたちの苦しみが少しでも和らぐように氷枕を作っても良い？」

薬でなくとも何か別の形で彼らの苦痛を和らげたい。

瞳に強い光を宿したリズが必死に提案したら、ヘイリーが虚を衝かれたような顔をした後、柔和に微笑んだ。

「……もちろん。ええ、もちろんですよ、リズ。……すみません。私はとうに諦めていました。あなたが頑張ろうとしているのに、打つ手がないと嘆いている場合ではありませんね。自分にできることをやらなくては。まずは解毒薬を作ります」

小さなリズが頑張ろうとしているのに大人であり、司教である自分が使命感を失っては聖職者の名折れだと思ったのだろう。ヘイリーの表情から悲哀の色が消える。

メライアも腕捲りをしてやる気に満ち溢《あふ》れていた。

「まだ何も終わっていないのに、諦めるなんて嫌ですもんね。私も引き続きみなさんの看病に励みます！」

メライアは踵を返して小走りで病室へと戻っていく。

ヘイリーはリズに微笑みかけて言った。

「ありがとうリズ。お陰で諦めない大切さを思い出しました。あなたの行動が重症の彼らにも勇気を与えるでしょう」

リズは力強く頷いた後、氷を運んだ場所を教えてもらい、氷枕を作り始めた。

それから三日間、リズたちは付きっきりで聖騎士たちの看護に当たった。

ヘイリーが処方した解毒薬は全員に飲ませることにした。マイロンが、聖騎士たちは日頃の鍛練で鍛えているから忍耐力はある、と後押ししてくれたのだ。苦しみが増すかもしれないのは承知の上だが全員を助けるためだ。

メライアが解毒薬を飲ませる準備をしている傍らで、リズは思い出したようにごそごそと自分の鞄の中を漁《あさ》る。

鞄から出したのはベリーシロップの入った瓶、それと数個のレモンだ。

リズはもう一度それらを鞄にしまってから肩に掛け、教えてもらった厨房へ移動する。

洗い場で手を洗ってから調理台の上にベリーシロップとレモンを置いた。

（薬のお口直しもそうですが、みなさん疲労がピークに達しているに違いありません。こんな時は疲労回復にも効果があるレモンを使って、ベリーレモネードを作るのが最適です）

用意したまな板の上に洗ったレモンを一つ載せ、包丁で真ん中をカットする。

搾り器でレモンを搾り、果汁が取れたらそれを小鍋に入れてはちみつを加え、弱火で煮立たせる。

鍋の様子をじっくりと観察していたら、三人の妖精が飛んできた。

《リズ、今度は何を作っているの？》

「ベリーレモネードを作ってるよ。丁度良かったイグニス、氷を取りに行っている間、火加減を見ててて？」

《リズが望むなら喜んで引き受け……》

イグニスが最後まで言い終える前に《ストーップ》とアクアの横やりが入った。
《リズ、氷くらい私が出してあげるの。それくらい朝飯前なの！》
「えっ、アクアは氷が出せるの？」
《私なら氷を出すことだって簡単なの》
アクアは得意げにふふんと笑う。
「凄い、凄い。流石はアクアだねぇ！」
リズは頼もしい存在の登場で目をキラキラと輝かせる。
《……水の妖精って氷は専門外じゃないのー？》
《シーッ。大きな声で言ったらアクアに聞こえてしまうよ》
ヴェントとイグニスが二人でひそひそと囁き合っていたが、リズの喜びぶりに二人は何の反論もしなかった。
ソルマーニ教会から氷は持ってきているが、あれは患者の熱冷まし用だ。
この時期の氷は貴重で分けてもらうのも申し訳ない。アクアの提案はリズにとって非常にありがたかった。
「それじゃあアクア。このボウルの中に氷を入れてね」
《任せなさいなの》
アクアはお腹に力を込めるように唸り始め、小さな両手を前に突き出した。

両手からは青白く光る球が現れ、そこから綺麗に成形された氷がいくつもボウルへと落ちていく。

《わっ！　本物の氷だー》

《水の妖精なのになんで？》

心底驚いているヴェントとイグニスはボウルの中に収まる氷とアクアを交互に見つめている。

《私は寒い地域で生まれた水の妖精だから半分は氷属性なの》

アクアは得意げに言い、ある程度の量に達すると氷を出すのをやめた。

その間リズは小鍋の中のレモン果汁とはちみつに集中していた。

焦げつかないよう、液体に小さな気泡が沸々と沸いてきたところで素早く火から下ろし、スプーンでよく掻き混ぜる。これでレモネードの一番大事なレモンシロップが完成した。

粗熱が取れたら、ピッチャーにレモンシロップと持ってきていたベリーシロップ、水、氷を入れてよく掻き混ぜる。

液体がピンク色になったらできあがりだ。

「アクアのお陰で冷たくて美味しそうなベリーレモネードが完成したよ！　ありがとう‼」

リズがお礼を言えばアクアは照れ笑いを浮かべる。

「イグニスもヴェントもありがとう。これで少しでも隊員さんたちの気分が良くなると嬉しいなぁ」

スプーンを用意したリズは、ヴェントの力を借りて病室までピッチャーを持っていった。

病室内は先程よりも苦しむ隊員たちの声が強くなっている。メライアが薬を全員に飲ませたのだろう。

テーブルに置いてある薬瓶は空っぽになっていた。

その側でメライアは教会から持ってきた氷を細かく砕いて氷枕を作っている。

妖精を引き連れたリズは彼女に近づいて話しかけた。

「メライア、隊員さんたちにこのベリーレモネードを飲ませたいの。きっと毒に冒されてから水しか飲んでないはずだもん。このままじゃ栄養不足になっちゃうよ」

「まあっ、流石はリズね。素敵な案だわ。だけど私は今から氷枕を全員分取り替えないといけないの。リズが患者さんたちに飲ませてあげて」

「はぁい！」

リズは一番端のベッドへ移動して側にある椅子に乗ってから、横たわる患者にベリーレモネードを飲ませる。

「このベリーレモネードを飲んで。少しは気が楽になるよ」

しかし、声を掛けても患者は呻くだけで答えてくれない。試しにスプーンに少しベリーレモネードを入れて口元へと運ぶが、飲んではくれずに頬に伝って零れていくだけだった。

「どうしよう。これじゃ飲ませられない」

途方に暮れていたら、ヴェントが肩にちょこんと留まって口を開いた。

《大丈夫だよー。メライアとリズだけだと人手が足りないと思ったから、みんなにもお願いしておいたー》

「みんな？」

はて。みんなとは誰のことだろう。

この要塞は慢性的な人手不足に陥っている。猫の手も借りたいほど忙しいのに、誰が手伝ってくれるのだろう。

きょとんとした表情を浮かべていたら、イグニスが目の前にやって来て窓の外を指さした。

《みんなはみんなさ。僕たちを含む、リズを助けたい妖精たちのことだよ》

すると、窓からはたくさんの妖精が室内に入ってきた。

氷枕を作っていたメライアは驚いて悲鳴を上げる。

「きゃああっ！　な、なんでこんなにたくさん妖精が⁉　一体何が起こっているの？」

「メライア、妖精さんたちが手伝ってくれるみたい」

「う、嘘？　妖精が？」

一度にこんなにたくさんの妖精が手を貸してくれるなんて信じがたい。メライアは夢でも見ているのかと自身の頬を抓《つね》って確認する。

「ゆ、夢じゃ、ない……？」

「夢じゃないよ」

それでもメライアは目を白黒させていた。

リズは集まってきた妖精たちに向かって声を掛ける。

「じゃあ妖精さんたち、お手伝いをよろしくね」

リズが頼むと、妖精たちは一斉に《はーい！》と手を上げて返事をする。

彼らに新しい氷枕と古い氷枕を取り替える作業をお願いして、リズとメライアはベリーレモネードを患者たちに飲ませた。メライアが患者の身体をゆっくりと起こしてベリーレモネードを飲ませる。体勢が変わったお陰で、冷たい果実水は難なく患者の喉を通っていった。

するとどうだろう。肌に浮き出ていた紫色の痣が消えていくではないか。

「わあっ、どうして？　紫色の痣が消えていくよ⁉」

何故こんなことが起きているのかリズにはさっぱり分からない。メライアに視線を向けたら彼女も呆《ほう》けているだけだ。

ややあってからメライアは患者を寝かしつけ、足早に病室から出ていってしまう。そしてすぐにヘイリーの腕を引っ張って戻ってきた。

「司教、これは一体どういうことですか？　リズの作ったベリーレモネードを飲ませたら患者の紫色の痣が消えましたよ！」

メライアは先程とは打って変わって酷く興奮し、起きた現象について語り始める。

痛み止めの薬を作っていたヘイリーは話を聞いて怪訝な表情を浮かべた。

「まさか。いやそんなはずは……」

痺れを切らしたメライアはベリーレモネードを飲ませていない患者の身体を起こしてそれを飲ませた。紫色に浮き出ていた痣はゆっくりとではあるが引いていき、正常な状態へと戻っていく。

ヘイリーは目を見張り、自らもベリーレモネードに口をつける。それから少し考える素振りを見せた後、患者全員にベリーレモネードを飲ませるように指示を出した。

ベリーレモネードを飲ませたところ、全員が全員、紫色の痣も熱も引いてすうすうと穏やかな寝息を立てている。

メライアは頬を紅潮させながら口を開いた。

「ね、ね？　私が言った通りでしょう？　もしかしてこれは世紀の大発見なのでは⁉」

メライアは、ベリーレモネードには魔物の毒を解毒させる作用があるのではないかと考えているようだ。

すると、苦しんでいた隊員の一人がベッドから身体を起こして感謝を述べる。

「メライアさんが飲ませてくれたベリーレモネードのお陰で苦しみが消えていったよ。冷たくて甘いけど口当たりはさっぱりしているから飲みやすかった。何より、こんなに手を尽くしてくれてありがとうございます」

「いえ、私は飲ませただけでこれを作ったのはここにいるリズです。料理の天才なんですよ！」

メライアはしゃがんでリズの両肩にぽんと手を乗せ、彼女のお陰だと主張する。

それを聞いた隊員はリズを見て穏やかな笑みを浮かべた。

「まだ小さいのにこんなに美味しいものを作れるんだね。ありがとう、お嬢ちゃんは俺たちの救世主だ」

「えへへ。少しでもみんなの役に立てて良かったぁ」

隊員に褒められ、嬉しくなったリズは頬を掻く。

ヘイリーはリズを一瞥すると口元に手を当てた。

「恐らくこれは……」

「司教‼」

そこに言葉を遮るように、大慌てでマイロンが現れた。

「司教、教会本部からの使者が到着されました。使者は司教クラスが来ると思っていたのですが、なんとお越しになったのは大司教と聖女ドロテア様です！」

「それは本当ですか⁉　嗚呼、ただちにこのことを報告しなくては‼」

ヘイリーは声を荒らげるマイロンと共に病室から出ていってしまった。

マイロンとヘイリーの話を聞いたメライアは、祈るように手を組んで天井を仰ぐ。

「嗚呼、ベリーレモネードの奇跡に加えて、こんな辺境地にわざわざ教会本部の重鎮が来てく

だ
さるなんて。……多大なる僥倖《ぎょうこう》だわ」
メライアが喜びの声を上げる一方で、隣に佇むリズはというと、大司教と聖女ドロテアという言葉を耳にしてただただ目を見張るのだった。

第4章　教会本部の使者

離れ棟にいるクロウは仲間の容態が心配で気が気ではなかった。

ヘイリーたちが要塞へ向かってから数日。死霊の接吻の呪いを受けて身動きがとれないにせよ、大人しく待っているのは性に合わない。

それに正直なところ、ここへ来た当初よりも体調は随分と良くなっている。

食事は喉を通らない程だったが、何故かリズが作ってくれるものだけは食べられた。さらに彼女に懐いている妖精のお陰で離れ棟内が浄化され、守護陣内にいれば死霊や影には襲われなくなったので睡眠も取れている。

要するに、今のクロウは体力が有り余っていた。

自分も何かできないかと考えた末、教会敷地内の掃除や傷んでいる箇所の修理などを行った。手を動かしていれば悪いことは考えずに済む。

今は教会地下から要塞へ送る追加の氷を氷室から運び出している。

氷を藁《わら》で包んでから荷台に積み込んでいたら、信者の相談を聞き終えたケイルズがやって来た。

「わあ、ありがとうございます。そろそろ追加の氷を持っていく準備をしようと思っていたところだったので非常に助かります」

　ケイルズが感激するのでクロウは首を横に振った。

「これくらいさせてくれ。じっとしていられないし、ソルマーニ教会には迷惑ばかり掛けている」

「そんなことありません。第三部隊シルヴァには日頃から平和維持に努めていただいておりますから。……さて、僕も氷の積み込みを手伝いましょう」

　ケイルズが氷を抱えようとしたので、クロウは手で制してきっぱりと断った。

「いや、ここは俺に任せてくれ。ケイルズにはこの氷を届けてもらわないといけないから、要塞へ行く準備をして欲しい」

　晴天で日が高くなれば気温も上がり、氷が溶けるスピードが速くなるだろう。いくら標高の高い山間だからとはいえ、早く持っていってもらわなければいけない。

「分かりました。では、僕は町へ行って馬の手配をしてきます。ご存じの通り馬小屋にはロバしかいません。氷を運ぶには不向きです」

　ソルマーニ教会では馬とロバを一頭ずつ飼っている。ロバは馬よりも荷重に耐えられるが足が遅い。運ぶとなると氷の何割かが溶けてだめになってしまう可能性がある。ケイルズはそれを危惧して町へ行って馬の手配をしようとしていた。

「それなら俺の馬を使ってくれ。どうせ俺は外へは出られないし、あいつも窮屈な馬小屋で過ごすよりも外へ出て走り回りたいだろうから」

クロウの提案にケイルズは破顔する。

「ありがとうございます！　では荷物があるのですぐに持ってきますね‼」

ケイルズは宣言通り一旦修道院へ行ってすぐに戻ってきた。あらかじめ荷物を準備していたのだろう。両手には大きな鞄が握り締められている。

その間にクロウは氷の積み込みを終えていた。ケイルズから荷物を受け取ってそれを荷台に載せ、馬へと繋ぐ。

「すぐに教会へ戻ってきますが、僕が留守にしている間はよろしく頼みますね」

「嗚呼。誰も入ってこられないように一旦教会の門は閉めておく」

御者台に乗って手綱を引くケイルズは、こちらに手を振って要塞へと出かけていった。

手を振り返したクロウは教会表の鉄門を閉じてから離れ棟に戻る。礼拝堂と修道院を通り過ぎ、洗濯干し場を横切れば離れ棟に辿り着く。

すると丁度、洗濯干し場を過ぎたところでアスランが姿を現した。

「アスラン。今日も来てくれたのか」

アスランは尻尾を元気よく振りながらクロウに近づき、戯《たわむ》れてきた。赤ん坊の頃に拾ったが今は成体のライオンくらいの大きさだ。二足で立ち上がればクロウよりも背が高い。

少し前までは飛びかかられてもなんともなかったが今は迫力があり、それなりに体重もある。

久しぶりの戯れでクロウはアスランの体重の予測が立てられず、飛びかかられた途端によろけてしまった。足に力を入れてなんとか踏ん張ったが下手をすれば地面に尻餅をついていただろう。

「立派になったな、アスラン」

動物を飼ったことも育てたこともないクロウにとって、すくすくと育ってくれたことは非常に感慨深い。嬉しくなって少しだけ羽目を外して戯れていたら、懐に入れていた加護石が地面に落ちてしまった。

あっ、とクロウが声を上げた時には遅かった。

楕円形《だえんけい》のそれは回転しながら数メートル先まで転がっていく。

ソルマーニ教会の離れ棟に来てから既に一ヶ月以上経っている。加護石の力のお陰で昼間は教会敷地内を自由に移動できるし、夜だって加護石を肌身離さず持って守護陣内の離れ棟にいれば死霊や影に襲われなかった。

今は日中だが守護陣の外で、加護石が身体から離れてしまっている。

クロウは腰を低くし、戦闘態勢に入った。ピストルを構えて周囲を警戒する。神経を研ぎ澄ませ、死霊や影が潜んでいないか、襲っては来ないか、目を瞑って気配を探った。

ところが、いつまで経っても何も襲ってこない。

小鳥のさえずりや町の方からの賑《にぎ》わいが聞こえるだけで、死霊や影の気配はまったく感じなかった。

「どうして加護石が離れたのに何も襲ってこないんだ？」

面くらいながらも、クロウは辺りに死霊や影がいないか細心の注意を払う。もしかすると、これは自分を油断させる罠《わな》かもしれない。そう思ったが、杞憂に終わってしまった。

「これはどういうことだ？」

なんの変化も起きないので首を捻る。戦闘の構えを解いたクロウは転がってしまった加護石を拾い上げた。腕を組んでじっと考え込むが結局答えは出ない。

「聖力のある司教に浄化してもらわなければ、この呪いは解けないはずだ。それ以外で呪いを解く方法があるのか？」

手のひらの加護石をしげしげと眺めながら呟いていたら、アスランが撫でろと言わんばかりに頭をクロウの身体に押しつけてくる。

「嗚呼、すまない。アスラン」

クロウは彼の要求に応えるべく、優しく頭を撫でてやった。

ここ暫く寂しい思いをさせてしまったのでアスランは甘えん坊な一面が増大している。

「それにしても、何も言わずに要塞から教会に来てしまったのによく俺を見つけてくれたな。捜すのに苦労したんじゃないのか？」

アスランは顔を上げて短く鳴いた。どうやらイエスと言っているようだ。

「本当にすまない。今まで構えなかった分、後で毛並みを整えるから許してくれ」

クロウが胸毛を撫でると、そのままアスランは地面に座って尻尾を揺らしている。抵抗しないということは、毛並みの手入れで帳消しにしてくれるようだ。

「ありがとう。俺の呪いが解けたらまた一緒に樹海へ行こうな」

すると、アスランが目を瞬いて怪訝そうな顔をし、鼻面をクロウが手にしている加護石に何度も押し当てる。クロウは彼が何を伝えたいのか分からずに困り果てた。

《アスランはもう、呪いはとっくに解けているって言いたいんだよ》

どこからともなく現れた妖精が、アスランの気持ちを代弁してくれる。

《妖精獣のアスランは呪いが解けているのが分かるんだって》

「呪いがとっくに解けている？　どういうことだ？」

呪いが自然に解消するなど到底あり得ない。クロウは首を傾げながらも、妖精に答えてもらうために持っていた角砂糖を渡した。

受け取った妖精はすっと目を細めて口を開く。

《それもこれもリズのお陰。リズの作るご飯が呪いを消したんだ》

「リズのお陰……」

クロウは妖精の言葉を繰り返した。つまり、リズには呪いを解く力があり、彼女のお陰でクロウの呪いは完全に解けている。

理解が追いついたクロウは、胸の奥底から押し寄せる興奮によって鳥肌が立つのを感じた。

◇

ヘイリーが大司教とドロテアを迎えに行った後、リズは内心パニックを起こしていた。

（ベリーレモネードのお陰で毒の浄化に成功したのはとても嬉しいですが、病室に留《とど》まれば大司教様と鉢合わせしてしまいます……）

こんな辺境地まで教会本部の人間が、しかも重鎮が訪れはしないだろうと高を括っていたのに、その予想が大きく外れてしまった。

（いくら子供の姿になっているとはいえ、大司教様に私がリズベットだと見抜かれてしまったらどうしましょう。そんなことになったら、叔母様の努力が水の泡です）

ドロテアは決死の思いでリズを逃がしてくれた。

味方であるドロテアもいるのだから、万が一正体が大司教にバレてしまっても庇ってはくれるだろう。だが、これ以上迷惑は掛けたくない。

「年齢が巻き戻るなんて普通じゃあり得ないし、大司教様は小さい頃の私を知らない。……だけど、姿が子供でもリズベットはリズベットな訳で……」

逡巡しながらぶつぶつと呟いていたら、メライアに肩を叩かれた。

「リズ、ここは落ち着いているからあとは私に任せて。それより、大司教やドロテア様のために茶菓を用意して隣の建物の応接室へ運んでくれる？」

「あ、えっと。うん。良いよぉ」

リズは我に返ると明るく返事をして、それから閃いた。

そうだ。二人が応接室に来る前に茶菓を準備して厨房にこもっていれば大司教と顔を合わせなくて済む。

そして二人はクロウの呪いを解くために要塞からソルマーニ教会へ移動し、数日間は滞在するはずだ。うまく取り計らえばドロテアと二人きりで話せるかもしれない。

（そうとなれば、早く茶菓の準備をしないといけませんね。今の時間なら厨房に料理人さんもいると思いますし、お菓子はお願いして用意してもらいましょう）

リズは大司教と鉢合わせしないために大急ぎで茶菓の準備に取りかかる。

足早に病室のある建物から厨房のある建物へ移動していたら、丁度ヘイリーとマイロンが大司教とドロテアを出迎えている最中だった。リズは建物の陰からその様子を観察する。

「遠路はるばる王都からお越しいただき、ありがとうございます」

ヘイリーとマイロンが挨拶をするとドロテアが笑顔を見せた。

「いいえ、司教。ここまで甚大な被害が出ているのですから、来るのは当然です。日々魔物からこのスピナを守ってくれている第三部隊シルヴァは、私たちの誇りですから」

ドロテアが艶やかに微笑むとマイロンは顔を伏せて頬を赤く染めた。

美しい彼女に微笑みかけられて心が高鳴らない男性はいない。特に彼女を見慣れていない男性は全員同じ反応をする。

「ところで患者の容態はどうなっている？　司教は元大司教で昔のような力はないだろうが、尽力したのだろうな？」

大司教は顎髭《ひげ》を撫でながら、嫌みったらしい口調でヘイリーを一瞥する。昔はヘイリーの方が上だったが、立場が逆転してからは彼を見下しているようだ。

リズはもともと大司教のことはあまり好きではなかったが、ヘイリーに対する態度を見てその思いはより一層深まった。

（ひどいです。ヘイリー様はいつだって信者や困っている人のために力を尽くしてくださっているのに）

リズは下唇を噛み締めながら眉尻を下げる。その一方で当の本人は嫌な顔一つせずに柔和な表情を浮かべていた。

「患者たちの容態ですが、実を言うと先程完治致しました。今は毒も邪気も残っていません。ご足労いただいたにもかかわらず、誠に恐れ入ります」

ヘイリーがしとやかに頭を下げたら、大司教が慌てふためいた。

「なっ、なんだと？　魔物の毒を完全に消したというのか？　司教、おまえにはもう聖力がないはずだろう？」

ヘイリーに力が戻れば自分の立場が危うくなるので、大司教は恐れているようだ。その証拠に聖力をどうやって戻したのか頻りに尋ねている。

ヘイリーは胸に手を当てて告げた。

「大司教、教会本部を去る時に申し上げましたが、私の聖力が戻ることは二度とありません。ですが、私以外に並々ならぬ聖力を持つ逸材が現れたのです」

「逸材だと⁉　それは誰だね？　……確かソルマーニ教会の聖職者は司教のおまえと修道士、それから修道女だったか」

大司教は思い出しながら指を折ると、漸く安堵の溜め息を漏らした。役職のない聖職者に浄化できるほどの聖力が宿ることは普段からよくあることで、一般的に修行の成果だと言われている。

そして、なんの権力も持たない聖職者が並々ならぬ聖力を得たところで大司教の立場を揺るがす脅威にはならない。それらを総合的に判断して大司教は安心すると大きな腹を揺すった。

「ソルマーニ教会に所属しているのは修道士と修道女の二名です。要塞で看病に当たっているのは修道女・メライアです。……百聞は一見にしかずだと思いますので、まずは病室へ向かいましょう」

ヘイリーはそこで話を切り上げて、病室のある建物の中へと案内していった。大司教もドロテアもヘイリーの後に続いて建物内へと入っていく。

(並々ならぬ聖力を持つ逸材だなんて……もしかしてメライアが次期聖女様？)

聖女は十代半ばから二十代の乙女にのみその力が現れる。メライアは二十代前半で、もともと妖精が見えるくらいの聖力は備わっている。この状況で覚醒したのであればそれは大変素晴らしいことだ。

リズは話の続きが気になったが、後をつける訳にもいかないので厨房へと急いだ。

厨房に赴くと、要塞の料理人が既にカヌレを用意してくれていたので、あとはお茶の準備をすれば良いだけだった。リズはティーセットをワゴンに載せて応接室へと運ぶ。

応接室は要塞の外観に似合わず瀟洒《しょうしゃ》な空間だった。黒檀《こくたん》のローテーブルの上に茶菓のセッティングをして準備が整うと、リズは大司教たちが来る前にそそくさと部屋を後にする。

廊下の角を曲がったところで、丁度向こうの方から大司教やヘイリーの声が聞こえてきた。

「まさか！　本当に毒も邪気も浄化できているとは‼　これが本当ならば急いで教会本部へ戻り、羅針盤の確認をしなければいけないな！」

大司教は大変興奮しているようで、遠くからでもその声がはっきりと聞こえてきた。

(羅針盤の確認ということは、やはり次期聖女様が見つかったのですね。そしてそれがメライア)

メライアは面倒見も良く、そしてドロテアと同じように誰に対しても親切で優しい。彼女ならば善き聖女として信者を導いてくれるだろう。

リズは気づかれないようにこっそりと三人の様子を窺った。

当然ながら大司教は興奮して顔を赤らめているし、話を聞いているヘイリーも朗らかだ。

「長年ドロテアが聖女としての務めを果たしてくれていたが、これで引退できるな」

「ええ、大司教。私も漸く肩の荷が下りました。ずっと次期聖女が現れなかったので不安だったのです」

ドロテアも次期聖女の訪れを知ってとても喜んでいる。彼女は十年間聖女として教会に仕えてきたのだ。その間、聖女であるために様々な制約を強いられてきたに違いない。

（確か叔母様が聖女になったのは十六歳だったはずです。私は十一歳から教会本部で暮らしていますが、叔母様が側にいてくださったので寂しくはありませんでした。ですが聖女である叔母様は簡単には家族と会えませんでしたし、気軽に外出することもできませんでした。これまでとは違う生活を強いられて四苦八苦したでしょう）

現に、ドロテアが聖女を務めている間に彼女の両親、つまりリズの祖父母は亡くなっている。

葬式には出られたが生前に会うことは叶《かな》わなかった。しかし今回、ドロテアは漸く聖女の務めを終えて俗世に戻れるのだ。

メライアが聖女となりドロテアが引退したら、どこかの町で一緒に暮らせるかもしれない。

リズの胸の中で期待が膨らんでいく。

「まずは羅針盤を確かめないとどうにもなりませんよ。それにまだ彼女にも話していない内容ですので……くれぐれも内密にお願いします」

ヘイリーは柔和な笑みを浮かべて口元に人差し指を立てた。

「分かっておる。わしは一度教会本部に戻って羅針盤が光っていないか確認してこよう」

「お願いします。――さて、立ち話もなんですし一度応接室の中へ。美味しいお茶とお菓子を用意していますので、寛ぎながら今後のお話を致しましょう」

「そうですね。私もゆっくりお茶を飲みながら、詳しいお話が聞きたいですわ」

三人は談笑しながら応接室へと入っていった。

まだ、周りには秘密となっている次期聖女の存在。

リズは早くメライアに伝えたくてうずうずしたが、これは自分よりもヘイリーの口から言われた方が彼女はきっと感激するだろう。

（このことは誰にも言いません。私だけの秘密です）

ヘイリーがメライアに聖女だと告げるその時まで、リズは口が裂けても漏らさないと胸に刻んだ。

◇

クロウは雫形のピアスの留め具に触れた。

丁度リズの報告がしたかったので連絡が入ったのはありがたい。

《やあクロウ。あれから連絡が来ないから心配していたんだ》

クロウは前回の連絡の途中で通信を切ったことを思い出す。状況が状況だったとはいえ、後で謝罪の連絡を入れるべきだったのにそれができていなかった。

「謝罪が遅れてしまい大変申し訳ございません。国王陛下に於《お》かれましては大変不快な思いをされたことでしょう」

改めて心からの謝罪を口にすれば、ウィリアムが笑いながら言った。

《別に構わないさ。隠密からの報告は受けているし、そちらの事情も把握している》

ウィリアムは謝りの連絡を寄越さないクロウに抗議するためではなく、心配して連絡をくれたようだ。彼が広い心の持ち主なのは知っているが、忠誠を誓った家臣としてクロウは誠実さを改めて示した。

「寛大なお心に感謝申し上げます。ところで陛下、実は早急にお話ししたい内容がございます」

クロウがリズの話を切り出すと、ウィリアムは真摯に耳を傾けてくれた。

《――実に興味深い話だ。クロウに食事を作っていた時点で、聖女の力が発現していたのかもしれないな》

「俺もそう思います。ところで、何故羅針盤は一向に次期聖女のいる方角を示さないんでしょう？　羅針盤が壊れてしまったのでしょうか？」

それならこの十年間、次期聖女が発見されなかったのも頷ける。人間、特に聖職者は聖力があるとはいえ、妖精のように相手の聖気を感じたり、追跡したりすることはできない。誰も次期聖女が分からないからこそ、羅針盤の存在が重要になってくる。

そして羅針盤が壊れてしまっているなら、次期聖女の訪れを取り零していたことになる。

（だが、過去十年の間に次期聖女が現れていたのなら、羅針盤が光らなくともドロテア様自身が自分の力の衰えに気づくはずだ。……ということは、やはりこの十年は次期聖女が現れなかったことになる）

クロウが自問自答して納得していたら、ウィリアムが口を開いた。

《実のところ、先日話していたメアリー・ブランドンのさらなる詳細が上がってきた》

ウィリアムが隠密にメアリー・ブランドンをさらに詳しく調べさせたところ、彼女は行方不明になる前に頻繁に会っていた男と恋人関係だったという。

「それはこの間仰っていた聖騎士でしょうか？」

クロウが尋ねたらウィリアムが答える。

《そう、あの聖騎士だよ。彼はどうやら任期付きで教会に赴任していたんだ》

任期付きの聖騎士はいずれ期限が切れたら別の赴任先へ赴くか部隊の拠点がある場所へ戻らなくてはいけない。聖騎士が教会を去った後、程なくしてメアリーも姿を消してしまった。

当時は二人で駆け落ちしただとか、メアリーが彼を追いかけただとか様々な憶測が近所で飛び交っていたという。

メアリーは継母《ままはは》と異母妹から冷遇され、父親からも関心を持たれていなかった。いなくなったところで彼らはなんとも思っていない。

その証拠にろくに捜索願も出されていなかった。

話を聞いたクロウは率直な感想を口にした。

「陛下、聖騎士は聖職者と同じく許可がなければ結婚はできません。ましてや駆け落ちなんてすれば破門になりますし、教会内部ですぐに情報が共有されますよ」

すると通信具越しにやれやれと肩を竦めるウィリアムの息遣いが聞こえてきた。

《まったく、相変わらずの朴念仁《ぼくねんじん》だな。恋や愛というものは世間体や常識を超えてしまうものだろ》

「一国の王が何を仰っているんですか……」

クロウが半眼になって答えると、ウィリアムが含み笑いをしてから声を潜めた。

《真面目な話、クロウのところまで情報が共有されないのはおかしいな。それと、ブランドン邸で働く使用人と接触できたからメアリーについて尋ねてみた》

使用人は最初こそ詮索されるのを嫌がったが金貨を見せたらペラペラとなんでも喋ってくれた。

家庭環境が悪かったメアリーは継母と異母妹の目に留まらぬよう、常に息を潜めて暮らしていたという。しかし、聖騎士と出会ってから性格が明るくなると同時に、おかしなことを口走るようになったらしい。

「おかしなこと？」

《使用人曰《いわ》く、私は妖精女王に選ばれた。もうすぐ現聖女と交代し、次の聖女として私が聖国と教会の未来を担うことになる、と——。もちろん、家族と使用人は嘘をついて媚《こ》びを売ろうとしているだけだとして、真に受けなかったようだが》

ウィリアムはメアリーを哀れみ、深い溜め息を吐いた。

クロウは死霊となったメアリーの最後の言葉を思い出し、頭の中で反芻する。

——早くあいつが玉座から転がり落ちるのを祈っているわ。だってあそこは、私の居場所だったんだから……。

メアリーは死んでも尚《なお》、自分を次期聖女だと主張していた。もともと、家族から冷遇されて目立たないように息を潜めて生きてきた人が、気を引くために嘘を吐くとは考えにくい。嘘だとバレたら余計にメアリーの置かれる立場が危うくなるからだ。

導き出される答えとして、その恋仲だったとかいう聖騎士に踊らされた可能性が高い。だが、その聖騎士がメアリーにつけ込んで次期聖女だと唆《そそのか》し、得られるメリットとはなんだろうか。金銭が目的なら、メアリーよりも異母妹に言い寄る方が採算はあるはずだ。

「……陛下、メアリーは嘘を吐くような人とは思えません。急に性格が明るくなったとはいえ、そこまで人格が変わるなんて考えられません」

《私もそう思う。メアリーは周りを気にして育ってきた娘だ。大それた嘘は吐けない。となると怪しいのは聖騎士になる。その者の情報を集めて似顔絵を描かせたところ、浮かび上がった人相が大司教と聖女の護衛をしている聖騎士そっくりだった》

大司教や聖女の護衛をしているなら、間違いなく第一部隊サラマンドラに所属する聖騎士だ。サラマンドラの聖騎士が任期付きで地方に飛ばされるなど滅多にない。ましてやその聖騎士は大司教と聖女の護衛を任されている程のお気に入り。

そのお気に入りがわざわざメアリーに接触するために地方に行くなんて明らかに変だ。

「つまりメアリーは何者かの目的によって聖騎士から次期聖女だと唆されて利用された挙げ句、殺されたということですね？　本当にメアリーが次期聖女だったならその時点で羅針盤が反応を示しますから」

ウィリアムは暫く黙ったままだった。二人の間に重たい空気が流れ込む。

やがて、彼が口を開いた。

《この間の聖杯の破壊騒ぎを不審に思って密かに大司教の保管庫を探らせた。すると、厳重に保管されているはずの羅針盤は偽物《レプリカ》だった。聖物の破壊や紛失を考えると、大司教は犯した罪を恐れて第三者になすりつけようとしていると考えられる。これは私の憶測だが、そのうち大

司教は羅針盤がメアリーによって紛失したと公表するだろう。現にこの間、聖杯の破壊騒ぎで罪に問われた少女が断罪された》

クロウは驚いて声を呑んだ。

「聖杯が壊れた件は陛下からお聞きして知っていましたが、少女が断罪されたなんて初耳です」

そういえば、まだ聖杯が破壊されたという情報がこちら側にまで届いていないことにクロウは疑問を抱く。

辺境地ということもあり、王都にある教会本部からこちらに情報が流れてくるまでにはタイムラグが発生する。だとしても二週間もあればこちらまで情報が入ってきていてもおかしくはない。寧ろ遅すぎるくらいだ。

クロウが眉間に皺を寄せて考え込む。

《これは教会本部内だけの秘密になっているから知らなくて当然だろう。聖杯は夏の初めに破壊された。犯人は聖女の姪で、彼女は樹海で断罪されたという報告が上がっている。最後まで彼女は無実を訴えていたようだ》

その話を聞いてクロウはリズを思い浮かべた。リズと出会ったのは夏の初め。

リズは同じ年頃の子供と比べて、教会や聖学に関して深い知識を持っている。さらにいうと妖精たちから好かれていて、妖精獣であるアスランにも懐かれている。

「陛下、聖女の姪とはどういった人物ですか？」

クロウは逸《はや》る気持ちを抑えながらウィリアムに問うた。

《聖女の姪の名はリズベット・レーベ。シルバーブロンドの髪に青い瞳の少女だ。大層な努力家で真面目で良い子だったらしい》

それを耳にした途端、クロウは叫んだ。

「リズが危ない！　今度こそ大司教に殺されてしまう‼」

《どういう意味だ？》

ウィリアムに落ち着くよう促されるが、クロウにはそんな余裕がない。

「その聖杯を壊して断罪された聖女の姪は、私の呪いを解いた次期聖女なのです！」

クロウがそう叫ぶとウィリアムが通信具越しに息を呑んだ。

《……すぐに次期聖女の保護に向かってくれ。彼女を死なせる訳にはいかない》

「御意」

返事をしてから通信を切ったクロウは馬小屋へと走る。

ところが、馬小屋にはロバしかいなかった。

（そうだ、ケイルズに俺の馬を貸したんだった）

クロウは舌打ちをして唇を噛み締める。

早く行かなくてはならないのに。

気持ちばかり焦り、次の手立てが思いつかない。ここから全力で走ったところで一時間は掛かる。その間に万が一、リズが断罪されてしまったら——。

クロウは前髪をくしゃりと掴んで自身を叱咤《しった》した。

（もっと効率の良い他の方法を考えるんだ）

ぎゅっと目を瞑って逡巡していたら、服の袖を引っ張られる。振り返るとそこにはアスランがいた。

じっと見つめるその瞳から彼の言いたいことが伝わってくる。

「俺を乗せて要塞へ連れていってくれるのか？　頼む、リズが危ないんだ！」

アスランはクロウの服を放すと、状況を理解しているのか背中に乗るように視線を動かす。

クロウが背中に飛び乗れば、アスランは助走をつけて空高く舞い上がった。

（無事でいてくれリズ……）

目の前に屹立《きつりつ》する要塞を、クロウは逸る気持ちを抑えながら、じっと見つめていた。

◇

リズは厨房でジャガイモの皮を剥いていた。要塞で働く料理人はスピナから来ている恰幅《かっぷく》の良い主婦で、彼女は二日に一度ここへ来て、二日分のご飯を作って帰るといったルーティンをこなしている。

「リズちゃん、本当に明日の朝ご飯を作ってくれるのかい？」

「うん。私に任せて」

手を止めて顔を上げたリズは料理人に向かって微笑んだ。

料理人は頬に手を添えて申し訳なさそうに謝ってきた。

「ごめんねえ。前は毎日働きに来ていたんだけど、旦那がぎっくり腰で動けないから」

「困った時はお互い様だよ。早くおうちに帰って旦那さんの看病をしてあげて」

「本当にごめんねえ。今度、美味しいクッキーを焼いて持ってくるからね」

料理人はリズに何度も謝ってからお礼を言い、スピナへと帰っていった。リズが再び作業に戻って朝食の献立を考えていたら、妖精たちがひそひそと囁き合いながらやって来た。

「みんな、何を話し込んでいるの？」

質問を投げたら、ヴェントがこちらを向いて答えてくれる。

《大司教とドロテアが来るとは思わなくてびっくりしたー》

「こんな辺境地には滅多に来ない人たちだから驚いちゃうよね。今回はシルヴァの隊員の半分が魔物の毒にやられて大変だったから。でもでも、次期聖女のメライアのお陰で二人が来る前に毒も邪気も体内から浄化できて良かった」

すると、三人が三人とも目をぱちぱちと瞬いて首を右に傾げた。

《リズ、あなた何を勘違いしているの？　次期聖女はメライアではないの》

「えっ？」

今度はリズが首を傾げる番になった。

メライアではないなら、誰が次期聖女になるのだろう。

きょとんとした表情を浮かべていたら、ヴェントが口を開いた。

《次の聖女はリズ、君だよー》

「えええええっ!?」

リズは驚いて、素っ頓狂な声を上げてしまった。

現聖女・ドロテアの姪ではあるが、自分が次期聖女だなんてあり得ない。

「待って。私は一度も聖力が溢れる感覚を抱いたことないよ」

ドロテアは自分が聖女だと分かった時、身体に聖力が漲《みなぎ》るのを感じたと話してくれていた。

リズはそれを感じた経験が一度もない。

するとアクアとヴェントが顔を見合わせて頷いてから、再びこちらを向いた。

《前にも言ったけど火事場の馬鹿力ってやつなの。リズは崖から落とされた時に聖女の力が覚醒したから、聖力が漲る感覚を悠長に感じてる暇なんてなかったの》

言われてみれば、とリズは当時のことを思い返す。

妖精の姿が見えるようになったのも、声が聞こえるようになったのも樹海の崖から落ちて目覚めた時からだ。

《考えてみて。どうして、僕たち妖精やアスランがリズを好きなのか。妖精はいつだって自由な生き物だから、たとえ角砂糖をくれたとしても力を貸すとは限らないよ》

「そうなの？」

イグニスの話に、またまたリズは目を丸くする。

教会本部で暮らしていた時、ドロテアはいつも金平糖を持ち歩いていた。これがあれば妖精たちは力を貸してくれると言っていたので、てっきり妖精を見える人が甘い物をあげれば力を貸してくれると思っていたのだ。

《リズが次の愛し子であることは確かなの。だから私たちはリズを危険から守るの》

《妖精女王は妖精界とこちらの世界の制約によって普段は干渉できないけど、今回ばかりは力を使ってリズを小さくして助けたんだー。一度しか使えない力だから、リズの身体を元には戻せないけどー》

ここへ来て知らなかった事実が次々と明らかになり、頭の中が混乱し始める。

リズは片方の手を側頭部に当て、もう片方の手を前に突き出した。

「ちょっと待って。どうして女王様は私の身体を小さくしたの？」

《女王様はなんでもお見通しなの。だからリズ、あの人だけは気をつけて。私たちはまだ手が出せないの》

「アクア、あの人って誰？」

しかし妖精たちはリズの問いに答える前に、何かに怯えるような顔つきになって窓の外へと飛び去ってしまった。

「あ、待って。まだ話は終わってないよ」

リズが必死に呼び止めるが、既に彼らはいなくなってしまった。

仕方がないのでリズは思い当たる人物を考える。

ドロテアは自分を救うために奔走し、最後は妖精や妖精女王に頼んで助けてくれた。となると、妖精たちが忠告した人物は大司教に違いない。

（大司教様は聖杯を壊した罪を私に被《かぶ》せました。女王様はもう力が使えないので助けてはもらえません。そんな状況下で、私がリズベットだと分かれば大司教様は何か仕掛けてくるかも……気を引き締めておきませんと）

口を引き結んでいたら、厨房の扉が開いた。

現れた人物をリズが振り返って確認した途端、目頭が熱くなる。

雪のように白い肌に真っ黒な髪。灰色がかった青い瞳は慈愛の色を帯び、真っ赤な口元は微笑みを浮かべている。

「お茶を一口飲んですぐに分かったわ。私好みの味を出せるのはリズベット、あなたしかいないから」

「お、叔母様！」

リズは椅子から勢いよく立ち上がると、腕を広げるドロテアに飛び込んだ。

「嗚呼、私のリズベット。こんなに小さな身体になってしまって……無事で良かったわ」

ドロテアは瞳を潤ませてリズの無事を喜んだ。漸く会えた嬉しさからリズは嗚咽《おえつ》を漏らす。

「ふぅっ、うう……叔母様ぁ」

「あらあら、可愛いお顔が台無しよ？　一先ず椅子に座って落ち着きなさい」

リズは促されるまま椅子に座り、ドロテアからハンカチを受け取って涙を拭う。

「あれから何があったのか教えてくれるかしら？　どうして身体が小さくなっているかも含めてね」

優しくドロテアに尋ねられたリズはこっくりと頷いて、訥々《とつとつ》とことの顛末《てんまつ》を説明した。

妖精界へ渡るため、崖から落とされたこと。身体が小さくなって言葉遣いも幼くなったこと。運良く助かってクロウと出会い、ソルマーニ教会でお世話になっていたこと。そして、料理を通してドロテアのようにいろいろな人を癒やしてきたこと。

これまでのことをリズは包み隠さず話した。

ドロテアはリズの話を一心に聞き入ってくれる。

「ねえ、叔母様。叔母様が妖精の女王様に頼んで私を助けてくれたんでしょう？　身体が小さくなったのは女王様が力を使ってくれたからだって、妖精たちが言ってたの。手を尽くしてくれて本当にありがとう」

するとと、それを聞いたドロテアが目を細めて立ち上がった。

「——そう、あの女が私の邪魔をしたのね」

「え？」

今まで聞いたこともない低くて冷たい声に驚いていたら、突然後頭部に鈍い衝撃が走る。

リズはその衝撃によって床に倒れ込んだ。あまりの痛さに呻き声を上げてしまう。

「嗚呼、まさかあの女が邪魔してくるなんて。やっぱり私自ら動かないといけなかったのね」

「おば……さ、ま……」

朦朧《もうろう》とする意識の中でリズはドロテアを見上げた。

鉄製のフライパンを握り締めてこちらを見下ろす彼女の瞳は、恐ろしいほど冷たかった。


微かに川のせせらぎが、どこからともなく聞こえてくる。

さらさらという音でリズが目を覚ますと、そこは薄暗い部屋の中だった。

後頭部の痛みに表情を歪めながらもゆっくりと頭を動かす。

ここは一体どこだろうか。辺りを見回してもなんの手がかりも掴めない。室内はロープでまとめられた薪《たきぎ》や樽《たる》が積まれているだけで人が生活している様子はない。屋内外共に人の気配はせず、小さな窓からは木々が見えるだけ。どうやらどこかの物置小屋に閉じ込められているようだ。

次に視線を下に向けてみると、両手首には楔《くさび》の形をした鉄の鎖《くさり》のついた手錠が嵌められていた。それ以外の拘束は特にされていないが、頭が痛くて思うように身体は動かせない。

一先ずリズは状況の整理から始める。

（……えぇっと。私はどうしてこんな状況に陥っているのでしょうか？）

夢と現実の狭間《はざま》でリズの頭はまだぼんやりとしている。

やがて、気絶する直前に見たドロテアの恐ろしい顔を思い出して意識がはっきりと覚醒した。

「そうだ、私は豹変《ひょうへん》した叔母様に殴られて意識を失ったんだった」

厨房でドロテアにフライパンで殴られた。あの誰にでも親切で優しいはずのドロテアに。

（私、叔母様に何かしたのでしょうか……。濡れ衣を着せられて断罪された件に関しては大変迷惑を掛けてしまいましたが、それ以外で怒らせるようなことをした覚えはありません）

いくら考えても、敵意剥き出しの彼女にフライパンで殴られた理由の答えが出てこない。

先程から妙な胸騒ぎを覚えるが、まだ現実を受け入れられていないリズは何かの間違いだと自分に言い聞かせる。

すると、閂が外れる音がして扉が開いた。外から差す眩《まぶ》しい光にリズが目を細めていたら、すぐに扉が閉められる。中に入ってきた人物はゆっくりとこちらに近づいてきた。

「あらあら。リズベットはもう起きてしまったの。もう少し眠ってくれていて良かったのに」

頬に手を当てて冷徹な瞳でこちらを見下ろすのはドロテアだった。

「叔母様、どういうことか説明して。あと、これを外して？」

「やあよう。下級妖精たちが助けに来られないよう、彼らの苦手な鉄の鎖をつけているんだもの。外したら意味がなくなるじゃない。リズベットったら相変わらず馬鹿ね」

ドロテアは口元に手を当てて含み笑いをする。

鉄の鎖は妖精の力と相性が悪い。下手すれば力を奪われ兼ねないため、彼らは避けるのだ。

リズには、わざわざ鉄の鎖をつける彼女の意図がまだ分からなかった。

「叔母様は私を窮地から救ってくれたのに、どうしてこんなことをするの？」

「窮地から救ったですって？」

ドロテアはアハハッと高笑いをしてから側にある樽に腰を下ろし、優雅に足を組む。それから、不愉快そうに口元をへの字に曲げた。

「リズベットったら相変わらず脳天気だこと。私はあなたを窮地から救った覚えはないわ。寧ろその逆よ。あなたには死んでもらうために、私が聖杯をわざと壊したの」

「っ‼」

リズは声を呑んだ。

父が死んでからは親代わりとなって、大切に育ててくれたあのドロテアが、簡単にリズを切り捨てて殺そうとするなんて到底理解できない。

リズは混乱しながらも努めて冷静な声で言う。

「叔母様は私を引き取ってここまで育ててくれた。家族として今までずっと……」

「そんなの、周りからよく見られるために決まってるじゃない。それは信者たちに慈悲深くて身も心も清らかな美しい聖女だと印象づけるための大衆操作。本当は子供なんて引き取りたくなかったけど、仕方がなく育ててあげたのよ」

ドロテアはリズを装飾品として扱っていたに過ぎなかった。リズという装飾品で自身を着飾り、懐が深い人間を演じていたのだ。

真実を知らされたリズは目の前が真っ暗になった。姪として、ましてや家族としても扱われていなかったことに絶望する。

黙り込んでいたら、ドロテアがはあっと深い溜め息を吐いた。

「それなのに恩知らずのリズベットは私に酷いことをするの。――まさか、私から聖力を奪って次期聖女になろうとするなんて」

思考が停止しているリズは、ドロテアが何を言っているのか分からなかった。

「私が叔母様の聖力を奪った？」

「気づかないのも無理ないわよ。聖力を失う感覚なんて聖女自身にしか分からない。聖女に目覚めたばかりのあなたは、無意識のうちに料理に自分の聖力を込めて他人を癒やしているわ。あなたが死んだら私の聖力の衰えは止まるはずなのに止まらなかった。あの女が何かしたのか、羅針盤が光らなくてあなたの居場所を突き止められず、歯がゆかったわ」

その説明を聞いて、リズはアクアたちの言葉を思い出した。

アクアたちは頻繁にリズのご飯には人を癒やす力があると言っていた。あれは聖力を込めたご飯に治癒や浄化の作用があると伝えていたのだ。

ドロテアは忌《い》ま忌《い》ましそうに爪を噛む。

「まったく、どれだけ私を苛《いら》つかせるのかしらね？　今まで殺した他の次期聖女よりも憎たらしいわ」

「次期聖女を殺した？　これまで現れた次期聖女をずっと殺してきたの？」

ドロテアが聖女に就任してから十年。いつまで経っても次期聖女が現れないのは不思議だったが、単に現れないだけだと思っていた。

だが、実際は次期聖女が現れる度、ドロテアが亡き者にしてきたのだ。

女神だったドロテアが一変して悪魔に見えてしまったリズは戦慄《わなな》いた。

「リズベットの言う通り、私は次期聖女が現れる度、彼女たちを葬《ほうむ》り去ってきたわ。大司教の保管庫から本物の羅針盤をレプリカとすり替えて持ち出し、羅針盤が光の方角を示す度に現地へ赴いた。……まあ、数年前からは私のために動いてくれる聖騎士を使って殺してきたんだけど」

「どうしてそんなことを……」

理解できないと首を横に振っていたら、ドロテアが表情を歪めた。

「この玉座は私のためにあるのよ。誰にも渡さない。聖女を引退したら私に何が残るの？　聖女じゃなくなったら私は見向きもされなくなる。誰からも称賛されず、ひっそり惨めな生活をするなんて絶対嫌よ。みんなに崇《あが》められるからこそ、私には価値があるの。そのためなら、私はなんだってするわ！」

ドロテアは両手を広げると聴衆の前で演説するように言い放つ。

彼女の恐ろしい話はまだ続く。

「羅針盤の瑠璃が光って方角を示した時、次期聖女は聖力がまだほとんど宿っていない状態なの。完全な聖女になってしまう前に私が息の根を止めてしまえば、私は聖女の地位に留まれる。今回リズベットはもう覚醒してしまっているけど、日が浅いからまだ間に合うかもしれない。さあ、あなたも私のために命を捧げなさい。これまでの乙女たちのように」

ドロテアは樽の上から下り、壁に掛けられている斧《おの》を手に取った。

それを床に引きずりながらゆっくりとリズへ近づいていく。

「ひっ……嫌っ」

「大丈夫よ、怖くないわ。すぐに大好きな両親の元へ送ってあげるから」

瞳に狂気の色を孕《はら》むドロテアはいつもの美しい微笑みを浮かべる。

「さようなら。私の可愛いリズベット」

ドロテアは勢いよく斧を振り上げた。

ところが次の瞬間、彼女は何者かに体当たりされて積まれた樽の山へと吹き飛んだ。それと同時に室内には土埃《つちぼこり》が舞う。

（誰？）

視界が悪くて相手の顔がはっきり見えない。目を凝らしている間にも相手がどんどんこちらに近づいてくる。そうしてリズの前に現れたのはクロウだった。

「もう大丈夫だ、リズ」

入り口の方へ視線を向けたら、閉められていたはずの扉は開いている。

彼が敏捷《びんしょう》に動いてくれたお陰でリズはドロテアの斧から逃れられたようだ。

「クロウ！」

助けに来てくれたのがクロウだと分かった途端、リズは涙目になった。きっと誰も見つけ出せないと思っていたから。

感動に浸っていたら、ドロテアが呻き声を上げながらゆっくりと立ち上がった。

「私の邪魔をするなっ！」

いつの間にか室内を舞っていた土埃は落ち着き、凄まじい形相のドロテアがはっきりと見える。彼女は再び斧を両手で握り紋め、襲いかかってきた。

「リズ、逃げろ！」

剣を構えたクロウがリズに向かって叫ぶ。

頷いたリズは身体を奮い立たせた。鉄の鎖が重くて走りにくいが、前のめりになりながらも開いている扉から外へ出る。

周りの景色を確認したが、森の中というだけでここがどこなのか分からない。

妖精に遭遇してもおかしくない場所なのに、周りには妖精が一人も飛んでいない。

（叔母様が言っていた通り、この鎖は妖精を寄せつけない。これを外さない限り、妖精の力は借りられないようですね）

リズは手首に巻きついた鎖に視線を落とす。

手錠には鍵が掛かっていて解錠しない限りは外せない仕様になっていた。

「逃げるなんていけない子ね」

不意に声がして視線を向けたら斧を握り絞め、小屋の扉に閂を掛けるドロテアの姿があった。

「あんな狭い空間で剣なんて振り回せないし、斧の攻撃を受け止めたところで刃が折れるに決まってるでしょう？　うふふ。万が一のためにナイフを仕込んでおいて良かったわ。お陰で邪魔者は排除できた」

ドロテアの言葉を受けてリズは青ざめた。

「クロウは、クロウは無事なの？」

「さあどうかしら？　息はしていたけどいつまで持つか。それより今優先すべきはリズベットの始末よ」

「……っ‼」

クロウが心配でたまらない。だが、自分を助けに来てくれたクロウのためにも逃げなければ。

（待っててください。絶対、人を呼んで助け出しますから！）

リズはぐっと奥歯を噛み締め、脇目も振らずに走った。知らない小屋に連れ込まれたので自分がどこにいて、どの方角へ向かって走っているのか分からない。後ろをちらりと振り返ると、斧を握り締めるドロテア。

その後ろには見慣れた風景――スピナの町並みが木々の間から垣間見えた。

（私を連れ込んだ小屋は要塞とソルマーニ教会の間にあったのですね）

運悪く、リズは町とは反対方向へと走ってしまっていた。

これでは助けを求められない。したがって、取れる手段はただ一つ。

ドロテアから距離を取り、どこかに隠れてから助けを呼ぶ。

リズは一心不乱に走り続けた。後ろから追いかけてくるドロテアとの距離は徐々に開いていく。

（良い調子です。あとは隠れられる場所を見つけさえすれば……）

肩で息をしながら必死に走っていると突然、樹木が途切れて視界が拓けた。

「……え」

その先はついに行き止まりで、側を流れていた川の水が音を立てて流れ落ちていく。恐る恐る下を覗き込むと十数メートルの滝ができていて、その下は滝壺《たきつぼ》となっていた。

（ここからジャンプして滝壺に落ちても無事でいられるかどうか分かりません……）

断罪された崖の上よりも低い高さだがそれでも命を失う危険性がある。あの時はアクアとヴェントが助けてくれたが、鎖がついている今、妖精たちは助けてくれない。

飛び降りるかどうか躊躇《ちゅうちょ》していたら、後ろから声が響いた。

「やっと鬼ごっこをやめる気になった？　子供の足じゃそう遠くまで走れないわよ。私が本気を出せばすぐに捕まえられるけど、走っていく方向が行き止まりって分かっていたから付き合ってあげたの」

ドロテアは斧の柄で手をぱしぱしと叩きながら口角を吊り上げる。

リズは彼女に向き直ると眉尻を下げた。

「叔母様、これ以上罪を重ねないで。あなたはもう聖女じゃない。れっきとした魔女よ。身も心も汚れているの。そんな人に妖精は力を貸さないよ」

「いきなり何？　逃げ場がなくなって命乞いをしているの？　それとも私を怒らせたいの？　どっちなの？　だめよ、リズベット。あなたが死んでくれないと私が聖女じゃいられないわ」

「ううん、どっちでもない。叔母様こそ目を背けるのはやめようよ。だって聖女の力はほとんど残ってないんでしょう？」

リズは走りながら、ずっと頭の隅で考えていた。

自分の周りにはいつもアクアやヴェント、イグニスがいる。他の妖精も困っていたら無条件で力を貸してくれる。都会も田舎も関係なく、彼らは愛し子のためならどんな場所にだって現れる。

だが、ドロテアはどうだっただろう。彼女はいつも金平糖を窓の外へ撒《ま》いていた。

それを妖精に手渡ししているところも彼らと話しているところもリズはこれまで一度も見たことがなかった。当時は妖精の姿を見る力はなかったが、ドロテアがもし妖精と話していたならその姿を目撃してもおかしくはなかったはずだ。彼女とは同じ邸で一緒に暮らしていたから。

そうなるとドロテアはリズを引き取った時点で既に、愛し子としての力はほとんどなかったのだと予測が立つ。

図星を指されてドロテアの顔つきがさらに険しくなった。

「現実を受け入れよう？　私を殺したところで次の聖女がいつかまた現れる。その度に同じ過ちを繰り返すの？」

「なんて小癪《こしゃく》なのかしら。やっぱり、あんたなんて引き取らなければ良かったわ‼」

柳眉《りゅうび》を逆立てるドロテアは斧を両手で握り締めて構えると、こちらに向かって走ってくる。

リズはここで死ぬつもりはもちろんない。斧で殺されるよりも滝壺に落ちる方に命を懸ける。

（飛び降りるのは怖いですが、負の連鎖を断ち切るためには逃げ切らないといけません！）

リズは覚悟を決めた。

するとどこからともなく抑揚のある音が微かに聞こえてきた。その音を聞いたリズは弾かれたようにドロテアに背を向け、躊躇いもせずに崖から飛び降りる。

やはり、高いところから落ちるのは怖い。心臓はドッドッと大きく跳ねているし、お腹は縮み上がって身体は強ばる。

しかしリズは、ある望みに懸けて崖から飛び降りた。あの音が正しければきっと――。

水面に全身が叩きつけられるすんでのところで、誰かの腕に抱き留められる。

「リズ、無事か？」

視界に映り込むのは、クロウだった。

リズはアスランの背に乗ったクロウによって救い出された。

「クロウ！　クロウ！　無事だったのね‼」

「助けに来るのが遅れてすまない。小屋の中に閉じ込められて出られなかった。アスランが扉を開けてくれたんだ」

クロウによると、リズの居場所を突き止めたのはアスランだという。クロウはアスランを小屋の近くで待機させ、単独で乗り込んだ。するとリズがドロテアに襲われている最中で、クロウは体当たりをしてリズをドロテアから守った。

リズが小屋から逃げた後はドロテアの斧を受け止めていた剣が折れ、ナイフで胸を刺されて小屋に閉じ込められたらしい。

「心臓を刺されたの？　大丈夫？」

しかし、クロウの胸からは血は出ていないし、彼自身も平気そうにしている。

リズが不思議そうにしていたら、クロウが種明かしをしてくれた。

「加護石が俺を守ってくれたんだ。だから死ななかった」

懐から出された加護石は少しヒビが入ってしまっている。これのお陰でクロウは一命を取り留めたようだ。

「そうだったの。……うう、クロウが無事で良かったよぉ！」

安心と恐怖でない交ぜになっているリズはクロウに縋《すが》りつく。クロウもまた、リズを安心させるように力強く抱き締めてくれた。

「さっきの音は、やっぱりクロウの指笛だったのね」

「嗚呼。上空でリズが聖女に追い詰められていたところを発見した。叫ぶよりも指笛で合図した方が分かりやすいと思って」

声を張り上げるよりも指笛の方が山間では響くし、ドロテアにも警戒されない。結果としてクロウの判断は功を奏した形となった。

二人を乗せたアスランが上昇すると崖の上では丁度、ドロテアがマイロンによって取り押さえられているところだった。

ドロテアは抵抗しているが、男の、ましてやシルヴァ副隊長の腕力に敵うはずもなく、易々と捕縛される。

崖の上に降り立ったアスランの背中から下りたクロウは、リズを抱き上げて地面に下ろす。続いてマイロンから手錠の鍵を受け取り、リズの腕から鎖を外した。鎖は加護石と一緒に布に丸めて懐にしまう。

すると、先程まで一人も現れなかった妖精たちが木陰からわらわらと飛んできた。

《リズ、無事で良かったの！》

《一時はどうなることかと冷や冷やしたよー》

《無事で何より》

アクアは大泣きしながらリズの頬に擦り寄り、ヴェントとイグニスが両肩にちょこんと留まる。

「みんな！　心配させてごめんね」

リズは一人一人に声を掛けて妖精たちを宥めていく。

クロウはその様子を見届けると、ドロテアへと顔を向けて厳しい表情を浮かべた。

「聖女、いや魔女ドロテア。おまえがこれまでにやって来た数々の悪行は既にこちらによって把握されている。教会だけでなく、聖国の反逆者として話はたっぷりと聞かせてもらうからな」

ドロテアは髪を振り乱しながら、歯を食いしばってクロウを睨《ね》めつける。

「私は間違っていないわ。これからも、アスティカル聖国の聖女で居続ける」

「妖精から力を借りられない聖女が聖女として君臨して良い訳がない。もう、妖精たちはリズを聖女として認めている。いい加減諦めろ」

クロウが窘《たしな》めるものの、ドロテアは一歩も引く様子はない。

「私にはまだ聖力が残ってる。妖精たちだって、私に力を貸してくれるわよ」

その主張に妖精たちが渋面になる。

《ドロテアには聖女の力が少しだけ残っているから僕たちは手出しできない。僕たちのリズをひどい目に遭わせたのに仕返しできないなんて悔しい》

怒りによって何人かの妖精たちは顔を真っ赤にさせているが、ドロテアはまだ愛し子なので彼らには手出しができない。

すると、クロウの後ろにいたアスランがドロテアへ近づくと、おもむろに口を開いた。

《――可哀想な愛し子。妖精女王の命により、あなたからすべての聖力を返してもらおう》

初めてアスランが言葉を発したのを目の当たりにして、ドロテア以外の全員が驚いた。

アスランが鼻をドロテアの唇につけると、額にある青い核がキラリと光る。ドロテアの口からは青白い球体が飛び出し、それはアスランの核の中へと入り、消えていった。

やがて、ドロテアは目を見開いて身体を震わせる。

「いやあああっ！　わ、私の残りの聖力がっ！　嫌よおおっ！　私の居場所を取らないで‼」

ドロテアは自身から聖力が失われた感覚を覚えたようで絶叫する。

聖女であり続けるためには聖力が必要だ。

しかしそれが奪われてしまったとなると、もう何もできない。

絶叫するドロテアはマイロンに担がれて要塞へと運ばれていった。

◇

ドロテアが捕まってから三ヶ月が経った。クロウは要塞に設けている執務室の席につき、ウィリアムから届いた報告書に目を通していた。

室内は埃一つ落ちておらず、棚の書類は整理整頓が行き届いている。

（……腐敗した教会にメスを入れられて良かった）

報告書の内容を読みながら、クロウは率直な感想を心中で述べた。

聖国と教会の間には、お互いに干渉せず、持ちつ持たれつの関係を維持するという盟約が結ばれている。しかし、今回の次期聖女殺害の件を重く見たウィリアムは、その処罰の一切を取り仕切った。

ドロテアはこれまでサラマンドラに所属する聖騎士を誑《たぶら》かしていた。特にここ数年は顕著で、その美貌で彼らを魅了し、意のままに操っていた。実力がなくても自分の味方になってくれる者にはそれなりの地位を与え、手駒として囲っていたのだ。こうしてサラマンドラはドロテアによる傀儡《かいらい》部隊となってしまっていた。

次期聖女が現れる度、ドロテアは「聖女の力を脅かし、人々を堕落させる魔女が現れたので対処して欲しい」とサラマンドラの聖騎士たちに殺害を命じていた。彼らはドロテアに魅了され、心酔しているので疑いもせずそれを実行した。こうして何人もの罪なき乙女の命が犠牲になっていたのだ。

これによって、聖騎士団は解体及び再編成される運びとなった。彼女に命令されて次期聖女を殺した聖騎士は情状酌量《じょうじょうしゃくりょう》の余地はあるが重刑は免れないと言われている。

今後、一人一人を調べてから処罰を下す予定だ。

一方で当事者であるドロテアは、何人もの次期聖女を葬ってきた聖国一恐ろしい魔女として、大衆に広められる運びになった。あまりにも身勝手で残虐な行動から処刑は免れない。

また、大司教はドロテアの悪事に気づかず、さらには聖物の管理すらまともにできていない無能さが明らかになったのに加え、聖職売買を行っていたことによりその地位を剥奪《はくだつ》。

資産も没収され、破門が命ぜられた。

もともとクロウが教会内部に潜入した理由は、大司教の聖職売買の証拠を掴むためだった。

聖職売買とは、聖職者や聖騎士の地位を金銭で売買するというもの。より高い地位を手に入れたい者は本人に実力がなくとも、大司教へ献金することで易々とそれが手に入るという仕組みだ。

ヘイリーが大司教だった時代までは教会本部の司教は二人しかいなかった。しかし、今の大司教になってからその人数は、たった数年で六人にまで膨れ上がっている。

これは聖騎士においても同じことが言える。マイロンはもともと第二部隊ウンダの隊長を務めていたが、隊員の一人が大司教へ献金して隊長に昇格したため第三部隊シルヴァへと飛ばされてしまった。

地方の教会でも同じ現象が起き始めていて、これまで信者を導いていた司教や司祭が降格させられ、代わりにそれほど実力のない者が地位を得て教会の運営を行っている。

降格させられた司教や司祭たちはウィリアムへ嘆願書を送り、クロウが調査に当たっていたのだ。そしてひょんなことから聖女ドロテアが次期聖女を殺して地位を固守していることが発覚した。

まったくもって偶然の産物だったが、大司教と同時に検挙でき、これ以上犠牲者が出なくて済んだのは不幸中の幸いだったのかもしれない。

「……それにしてもドロテアが捕まってからもう三ヶ月が経ったのか。教会内部の腐敗は白日の下に晒され、再び正常な教会運営がなされるまでは陛下と宰相が管理・指導を行うようだな」

クロウは報告書から顔を上げ、後ろにある窓から外を眺める。季節は巡り山間の木々たちは鮮やかに紅葉し始めている。それを眺めながら、クロウは一年以上の潜入に漸く決着がついたと、心の底から安堵した。

丁度、軽く扉を叩く音がしてマイロンが部屋に入ってきた。

「お待たせしてすみません。クロウ……いえ、クロウ様」

「部隊の再編成で忙しいのは知っているから気にするな。あと、前みたいに気さくにクロウと呼んでくれ」

「いやあ、流石に貴族で国王陛下の右腕を気軽に呼び捨てにするなんて畏れ多い」

マイロンは苦笑いを浮かべ、クロウが座る向かい側の席に腰を下ろす。

潜入捜査が終わり、当然クロウは聖騎士団から抜けた。

後を引き継いだのはもちろんマイロンで、彼はこれまでと同じように魔物からスピナを守るために尽力してくれている。

「ところで、今日はなんの用件で来られたんですか？」

尋ねられたクロウは膝の上に置いていた大きな包みをテーブルの上に置いた。

「リズがシルヴァのためにクッキーを大量に作ってくれたから届けに来た」

包みの中から大瓶を取り出せば、中には葉っぱや花の形をしたクッキーがたくさん詰まっている。きつね色のシンプルな焼き菓子だが、マイロンは破顔して感激した。

「わあ、ありがとうございます。めっちゃくちゃありがたいです。リズちゃんの作るお菓子は薬を飲むより効き目が良いし早い。何より苦い薬と違って味も美味しいからみんな重宝しています！」

リズは相変わらずソルマーニ教会で美味しいご飯を作っている。

ベリーレモネードの一件で自分の作るご飯に治癒や浄化といった癒やしの力が宿ると知ってからは、定期的にシルヴァで働く聖騎士たちや町の住人たちのためにお菓子を作っているのだ。

毒にも傷にも効く万能菓子として、聖騎士たちは魔物討伐へ向かう際は必ず携帯している。

マイロンは大事そうに大瓶を抱えると、思い出したように次の話題に移った。

「そう言えば、今日はアスランも一緒ですか？　最近やっと分かったんですけど、彼は俺が強面のムキムキマッチョだったから怖がって近づけなかったようなんですよ。ちょっとずつですけど距離は縮まっているので、今日もスキンシップをして仲良くなっておきたいです」

鼻の下を伸ばすように微笑むマイロンはリズ同様、無類のもふもふな動物好きだ。

アスランが成長して人間の言葉を話せるようになったため、マイロンはどうして自分に懐かないのかを訊き、答えを得た。

これにより、マイロンは自分を怖く見せないようにアスランと接する時はフリルのついたエプロンをつけている。

だが、クロウはその努力が逆効果で、アスランが内心怯えているのを知っている。

クロウは微苦笑を浮かべながら口を開いた。

「……悪いがそれはまた今度にしてくれ。俺はそろそろソルマーニ教会へ戻らなくては」

「えっ？　もう行っちゃうんですか？　まだ隊長業務について聞きたいことが山ほどあっ

て……」

「俺は陛下から新しい任務を命ぜられているから、そっちもちゃんとこなさなくてはいけない」

クロウはフッと笑みを浮かべると、椅子から立ち上がって部屋を後にする。

マイロンの嘆く声が廊下に響いて来たが、クロウは気にせず颯爽《さっそう》と外に向かって歩いていく。

ウィリアムから命じられた次の任務――それは聖女であるリズの護衛だ。

これまで聖女の護衛はサラマンドラが務めてきたがリズはもともと教会本部で暮らしていて、聖杯が壊れた際はサラマンドラの聖騎士によって捕らえられた。

彼らに対して良い感情を抱くのは難しいし、リズの安全を聖国側が把握して確保するためにはクロウが護衛になった方が手っ取り早かったのだ。

（王都に帰れないのに、まったく後悔の念がない。正直、リズの側にいたかったから願ったり叶ったりかもしれない）

建物を出たら、丁度通信具であるピアスが振動する。クロウは留め具に触れた。

《やあ、クロウ。報告書は全部読んだかい？》

「はい、すべて拝読させていただきました」

《そうか。こちらは恙《つつが》なく改革に取り組んでいるから何も心配いらないよ。ところで、書き忘れがあってそれを伝えるために連絡したんだけど》

「一体なんでしょうか？」

わざわざ連絡を入れてくれるくらいなので、何か重要な内容かもしれない。

クロウが身構えていたら、ウィリアムが楽しげな声で言った。

《実は、聖女であるリズは――》

クロウはウィリアムの話に静かに耳を傾ける。

しかし、話の全容が分かった途端、クロウは目を見張ると口をぱくぱくさせて絶句した。

《――という訳で、あとはよろしく頼んだよ》

「陛下それはどういうことですか⁉　って、通信を一方的に切らないでください‼」

クロウの顔はみるみるうちに赤くなっていく。

ドロテアの姪であるリズはもともと十七歳で、ドロテアのために美味しいご飯を作っていたということをウィリアムから告げられた。それを聞いてクロウの脳裏に真っ先に浮かんだのは教会本部で出会ったリズそっくりの少女。

（そんな、まさか……リズは教会本部で俺に洋梨のタルトをくれたあの子なのか⁉）

となると、リズはクロウよりも二つ年下の少女になる。

（出会った頃から、リズを小さな女の子として接していた。抱っこしたり、口についたご飯を食べたり……これは普通にセクハラ案件じゃないか？）

クロウは顔を手で覆うと暫くの間、自身の行いを深く反省した。

エピローグ

リズはソルマーニ教会の厨房でタルト生地をせっせとめん棒で伸ばしていた。

自分が聖女だと分かってから三ヶ月経ったが、それまでと生活は変わっていない。これまで通り、聖学を勉強して雑務をこなし、美味しいご飯をみんなに振る舞っている。

少し違う点は、自分の作ったお菓子を万能薬代わりにスピナの住人やシルヴァの隊員に配るくらいだ。

ドロテアに殺されかけた一件以来、彼女とは一度だけ面会した。

聖力をすべて奪われてしまったドロテアは精神を病んでしまい、まともに会話ができなくなっていた。

美しかった黒髪は艶をなくし、雪のように白く滑らかだった肌は荒れて皺が入り、一気に老け込んでしまっていた。リズが話しかけても、彼女は濁った瞳で見つめてくるだけでまったく反応がなかった。

彼女にとって、聖女の地位は自分の存在と同義となるくらい価値があったのだろう。しかし、聖女となったリズからすればこの地位が執着するものではないように思えて仕方がない。

（叔母様とは分かり合えなかったですけど、肩書きや地位によって築かれた自分の価値よりも、

自分自身で見いだし培った価値の方がよっぽど大切で素晴らしいと思います)

肩書きや地位による価値は周りの評価に左右されてしまうため、その都度一喜一憂してしまう。しかし、自分自身で見いだした価値は自分のものさしだけで判断できる。

努力して高めていける。

ドロテアにはその素質もあったのに、彼女は自ら破滅の道を進んでしまった。

(叔母様は今もなお、王城の牢屋に収監されているのでしょうか)

リズは小さく息を吐くと遠くを見るような目つきで天井を見つめる。

本当なら聖国側へドロテアを引き渡す際、リズも次期聖女として王都の教会本部へ帰る予定だった。

正直なところ、嫌な記憶が残る教会本部へは帰りたくないし、いつも可愛がってくれているヘイリーたちの元を離れるのは寂しくて心が張り裂けそうだった。とはいえ、儀式や典礼などを執り行う際に聖女がいないとあっては、教会にとっては体裁が悪い。

腹を括らなくてはいけないと思っていた矢先、ヘイリーが教会本部へは帰らなくて良いと言ってくれた。

なんでも、国王のウィリアムと親交があるらしく、教会本部へ帰るのを渋っているリズを見かねてソルマーニ教会に留まれるよう進言してくれたのだ。

彼はこともなげに対応してくれたが、つまりこれは国王への直談判である。

それは大変ありがたいが、同時にヘイリーの素性が改めて気になってしまった。メライアが昔は凄かったと言っていたので、本当に凄い人なのかもしれない。

（お陰で教会本部へは帰らなくて良くなりましたので、ヘイリー様には本当に感謝しています）

いずれ教会本部で暮らす時が来るだろうが、それは国王陛下指導の下で行われる改革が終わり、運営が軌道に乗ってからだとヘイリーが言っていた。

それまでの間、何かの行事ごとがある際はアスランがスピナから王都まで連れていってくれるので、リズは存分にこの教会での暮らしを楽しめる。

みんなといられるようになったのでリズは自然と頬が緩んだ。

リズはめん棒で伸ばした生地を丸い型に収めて不要な部分はナイフでカットする。

「型に嵌めたタルト生地をピケして……」

フォークで生地に穴を開けていたら裏勝手口の扉が開き、アスランが元気よく入ってくる。

《リズー！　ただいまー‼》

「お帰り、アスラン！」

リズは作業の手を止めてアスランに駆け寄ると、彼に抱きついた。ここ数日、クロウとアスランは要塞で仕事をしていたので数日ぶりの顔合わせだ。

相変わらずふわふわな毛並みからはお日様の良い匂いがする。

《リズはいつも甘い匂いがするね》

「えへへ。それならアスランの毛並みはいつもお日様の匂いがするよ。相変わらずふわふわで最高なアスランが私は大好き！」

《へへー。僕もリズが大好き。優しいし、ご飯も美味しいもん》

「ふふ。そんなに褒められると照れちゃうよ」

アスランと戯れていたら、暫く経ってから浮かない顔したクロウが厨房に入ってくる。

「あっ、クロウ、お帰りなさい。どうしたの？　お顔が真っ赤だよ？」

クロウは声に反応して、大股で歩いてくるとリズの肩を掴んだ。

「リズ、さっき知ったんだが、君の本当の年齢は十七なのか？」

尋ねられたリズは目を見開いて息を呑んだ。

それから視線を逸らすと小さく頷く。

（嗚呼、遂にクロウさんにも真実を打ち明ける時が来たようです……）

リズはゆっくり息を吐いてから口を開いた。

「ずっと、騙しててごめんなさい。ヘイリー様たちにも先日お話ししたけど、本当は十七歳なんだぁ。妖精女王様が私を叔母様から救うために、身体を小さくしてくれたの。妖精さんたちの話によると私は元の身体には戻れなくて。戻るには時に従って成長するしかないみたい」

リズが真実を打ち明けたら、クロウが額に手を当てて俯く。

騙す形になっていたことに関して、リズはずっと後ろめたい気持ちがあった。クロウが教会にいない間、リズは先にヘイリーたちに事情を説明した。

『えっ、リズって本当は十七歳なの？』

正直に話した時、最初に驚きの声を上げたのはメライアだ。

残りの二人は目を見開いていた。程なくしてヘイリーがフッと表情を緩めて口を開く。

『なるほど。だから大人びていて賢かったんですね』

『まあ、それでも僕たちの可愛いリズってことには違いないから』

ヘイリーは合点がいったように何度も頷き、ケイルズもすんなりと受け入れてくれた。

『そうね。リズは私たちの可愛いリズよ。これからもよろしくね』

メライアの言葉を受けてヘイリーとケイルズがにっこりと微笑む。

実年齢が分かったのに、三人ともこれまで通りリズを小さい女の子として可愛がってくれた。

しかし、目の前にいるクロウの反応からは何を思っているのかまったく感情が読み取れない。

やはり幻滅されてしまったのだろうか。

痺れを切らしたリズが顔を覗き込んだら、クロウの顔が赤く染まっている。

「クロウ？」

目が合うと、クロウはふうっと溜め息を吐いてからまだ真っ赤になっている顔を上げた。

「……俺の方こそすまないと思っている。俺が取った行動の中で、嫌な気持ちになったことがあるなら、気が済むまでそこにあるめん棒で殴ってくれても構わない」

「ふえ？　ちょっ、ちょっと待って」

頬りにめん棒を握らせようとしてくるクロウにリズはギョッとして首を横に振る。

「私、クロウの行動で嫌な気持ちになったことなんて一度もないよ！　寧ろ、いつも私を心配して守ってくれようとする姿を見る度、凛々《りり》しくて素敵だなって思ってた……」

リズは、なんだか気恥ずかしくなって手をもじもじさせながら俯く。

（どうしましょう。本当のことを言っただけなのに心臓がとってもドキドキします）

どうして心臓がこんなにドキドキしているのか分からない。それに今は顔がとても熱いので、クロウと同じくらい自分の顔も真っ赤になっている気がする。

視線を下に向けていたら、今度はクロウが顔を覗き込むようにしゃがんできた。

「覚えていないのかもしれないけど、教会本部で一度だけリズと会ったことがある。道に迷い、空腹で途方に暮れているところで君が道案内をしてくれた上に、洋梨のタルトを分けてくれたんだ」

「道案内……洋梨のタルト……あっ、あの時の人って！」

言われて初めて、リズはあの時の聖騎士がクロウだと気づいた。

当時、リズは大司教専属の菓子職人が見つかるまでお菓子を作るように言いつけられていた。

毎日おやつの時間になると大司教がいる司教室へお菓子を届けに行っていた。

しかし、大司教は相当舌が肥えていたので何を作っても美味しくない、味付けが単調だと苦言を呈されていた。

あの時も実は、大司教に砂糖が入りすぎていてしつこい味だから、別のお菓子を用意するように言われて落ち込んでいた。

洋梨のタルトは処分するつもりだったが、お腹を空かしているクロウを見かねてプレゼントした。

にもかかわらず、クロウは純粋に美味しいと喜んでくれた。

お陰でリズはもっと美味しいご飯を作ろうと思った。

彼がリズを立ち直らせてくれたと言っても過言ではない。リズは自分を元気づけてくれた聖騎士に憧れ、いつかお礼がしたいと思っていた。

だが、ほんの数分の出来事だったので顔を思い出そうにもぼんやりとしか思い出せなかった。

まさかそれがクロウだとは。リズは彼がクロウだと知って嬉しくなった。

「あのね、クロウ。これからも私のご飯を食べてくれる？　聖女の護衛としてじゃなくて、えっと……」

クロウがウィリアムから命じられてリズの護衛に就任したのは知っている。きっと頼めば一緒にご飯を食べてくれるだろうが、リズは護衛のクロウとではなく、ただのクロウと一緒にご飯が食べたい。

リズ自身、どうしてこんなお願いをしているのか分からない。

ヘイリーたちと一緒にご飯を食べるのも好きだが、クロウと一緒にいる時はなんだかもっと嬉しくてご飯が格段と美味しくなるのだ。

躊躇いがちに尋ねたら、クロウがリズの頬を指でつつきながら笑顔を見せる。

「もちろんだ。護衛じゃなくても、リズが望むなら俺はこれからもずっと側にいる。だからリズは美味しいご飯で癒やしてくれ。……だめか？」

「っ……！　ううん、だめじゃない。だめじゃないよ‼　寧ろ嬉しい」

リズは幸福感に包まれて満ち足りた気持ちになる。

（これからもずっと側にいてくれるだなんて……私、とっても幸せです）

そこでリズは、あっと声を発してクロウににっこりと微笑みかける。

「クロウ、早速だけど一緒にお菓子を食べてくれる？　丁度今作っているのはね、とびっきりの愛情を込めた美味しい洋梨のタルトだよ」

END

書籍限定書き下ろし番外編

二人だけの秘密

秋はさらに深まり、ソルマーニ教会の果樹園では果実が熟していた。植えられているのはザクロとぶどう、マルメロでまさに〝実りの秋〟という言葉がぴったりだ。

リズは今回初めてスピナでの秋を経験する。

ケイルズの話によれば、スピナの住人は無類のきのこ好きで、ここの子供たちは幼い頃に必ずきのこについて教え込まれるそうだ。

きのこ狩りの季節を知らせるのは三日三晩の雨。

それが降り止んだら、いよいよきのこ狩りが始まる。住人たちは籠とポケットナイフを持ち、嬉々として山や森へと出かけるらしい。

採れるきのこはマッシュルームにポルチーニ、シメジなど多岐にわたる。

そして今年も無事に雨がやって来て、その三日後の朝。

ベッドで眠るリズの元に血相を変えたメライアが飛び込んできた。

「リズ！　大変よ‼」

「うーん、どうしたの？」

むくりと上体を起こして片目を擦るリズにメライアはぽっと頬を赤らめた。

「嗚呼、寝起きのリズもめちゃくちゃ可愛い……じゃなくて、大変なの！」

「大変？」

「説明するより見た方が早いわ！」

メライアに急かされてリズはパジャマから普段着に着替え、彼女と一緒に修道院を出る。

そして辿り着いたのは厨房の裏勝手口の前だった。

「えっと？　これってきのこ？」

リズはきょとんとした表情で首を傾げる。

「そうよ、きのこよ。しかも十の籠に満杯のきのこ‼」

メライアは頭を抱えて半ば悲鳴を上げた。

すると騒ぎを聞きつけていつもの三人の妖精たちがやって来る。

《どうしてメライアは頭を抱えているの？》

アクアが問うてくるのでリズは見たままを説明する。

「たくさんきのこがあるから驚いて……もしかして、これみんなが採ってきてくれたの？」

三人の妖精たちは互いに顔を見合わせた後、リズに向かってにっこりと笑みを浮かべた。

《リズが食べたいって言ったからー》

その言葉を聞いて今度はリズが頭を抱える番になった。実は昨日の夜、ケイルズからきのこ狩りの話を聞いてたくさんのきのこを料理してみたいと妖精たちに話していたのだ。

（確かに料理したいって言いましたけど、これは多すぎます！）

途方に暮れていたら、クロウとヘイリー、そしてケイルズがやって来る。

「リズとメライア。二人とも頭を抱えてどうしたんだ？」

クロウが心配そうに声を掛けたら、状況を察したヘイリーが口を開いた。

「おや、妖精が秋の恵みを届けに来てくれたようですね。流石、愛し子のリズは妖精たちに愛されています」

「リズが愛されているのは分かったけど。この量は僕たちじゃ食べきれないよね。……そうだ！」

何か閃いたケイルズが指をぱちんと鳴らしてから人差し指を立てる。

「それなら、スピナのみなさんを呼んでお昼はきのこパーティーを開こう。きっと喜んで来てくれるよ」

ケイルズの提案は満場一致で決まり、早速準備に取りかかった。

役割として、クロウとヘイリーが会場準備に取りかかり、メライアとケイルズが住人に声を掛ける。そしてもちろんリズは料理担当だ。

リズは運んでもらった大量のきのこの調理を開始した。

「イグニス！」

《火の準備だね。任せて》

リズはイグニスに火を熾してもらっている間に何を作るか思案する。

（確か、魚の日に手に入ったスモークサーモンが半分残っています。あと、昨日めずらしくお米が手に入ったのでそれも使えそうですね。それから果樹園の果実も料理に使いましょう）

何を作るか決めたリズは、手を洗って踏み台に乗り、下準備に取りかかった。

アクアに汚れを取ってもらったマッシュルームは石づきごと半分に切り、シメジは小房に分ける。皮を剝いたニンジンは千切りにしてニンニクはみじん切りにする。

次に、オリーブオイルをひいた鍋を中火で温めたら、切った具材をすべて入れて炒めていく。ニンニクの香りが立ち始めたら米を入れてさっと炒め、全体に油が回ったらチキンスープストック、塩を入れる。蓋をして沸騰したら弱火にして十五分ほど炊き、火を止めてかまどからおろし十分間蒸らす。これできのこの炊き込みご飯の完成だ。

「ヴェント、冷蔵室から鶏もも肉を持ってきて」

《任せてー》

二品目は鶏もも肉ときのこの赤ワイン煮込みを作る。

まずはマッシュルームを半分に切り、ポルチーニはみじん切りにする。

ヴェントに持ってきてもらった鶏もも肉は一口大に切り、タマネギはスライスして、ニンニクはみじん切りにする。そして鍋にオリーブオイルを入れて温めたら、まずはニンニクを炒める。香りが出たら鶏もも肉ときのこ、タマネギを入れて炒める。きのこがしんなりしてきたら赤ワイン、ローリエ、グローブ、黒粒こしょう、塩を入れて強火で煮込めばこちらも完成だ。

そして最後の三品目は……。

「果樹園のザクロを使ったサラダを作るよ！」

冷蔵室に余っていたスモークサーモンをヴェントに持ってきてもらい、食べやすい大きさに薄切りする。ザクロは実を取り出し、オレンジは皮を剥いて薄皮から果肉を取り出す。それを四等分に切ったら、レタスを一口大にちぎる。

ボウルに材料を入れたらレモン果汁とオリーブオイルを加えて和え、塩とこしょうで味を調える。そこに二、三等分に割ったくるみとカッテージチーズを散らせばできあがり。

額の汗を拭うリズはきのこの籠が置かれている方を振り返る。ある程度の量は消費したつもりだが、それでもまだ数籠分余っている。

残りの半分はその場で串焼きにして、もう半分はお土産にするつもりだ。

「ふう。初めて大量に作ったよ。大変だったけど楽しかった！　みんな手伝ってくれてありがとう‼」

無事にお昼までに完成し、リズは万歳をしてからぴょんと踏み台から飛び降りる。

丁度そこで裏勝手口の扉が開き、クロウが顔を出した。

「リズ、料理は順調か？　こちらは準備が整った」

「クロウ！　うん。完成したから運んで良いよ」

クロウは料理の数々を眺めて舌を巻いた。

「これだけの量を作るのは大変だっただろう。リズはやっぱり凄いな」

褒められたリズは頬を掻きながらはにかむ。

「えへへ。ありがとう」

するとそこで、料理の香りに誘われてクロウのお腹がぐぅと鳴いた。

顔を真っ赤にするクロウは慌ててお腹を両手で押さえるものの、時既に遅し。お腹の虫の主張はしっかりとリズの耳に届いていた。

「クロウ、お腹空いてるの？　もし良かったら食べて、みる？」

フォークを取り出したリズは、ワイン煮込みの鶏肉を刺すと踏み台の上に立ち、クロウの口元へ持っていく。

「みんなには秘密、だからね？」

顔を赤らめたままのクロウは目を泳がせるが、最後は誘惑に負けてじっとリズを見据えた。

「もちろんだ、リズ。二人だけの秘密にしよう」

そう言ってクロウは、リズのフォークを握る手を優しく右手で覆い、口を開いてぱくりと食べた。

END

あとがき

こんにちは、小蔦あおいです。この度は本作をお手にとっていただきありがとうございます。

今作は十七歳の少女が小さくなって、得意の料理でみんなを癒やしながら、聖女として活躍するお話です。もともとＷＥＢ投稿サイトにアップしていたものを改稿して、本という素敵な形にしていただきました。

美味しいご飯をせっせと作り、一生懸命頑張るリズに、皆様も癒やされたなら大変嬉しいです。


実は本作、初めての「ご飯もの×小さな主人公」なのですが、小さな子が一生懸命に料理する姿ってとっても良いですね。頑張る姿は可愛いですし、応援したくなります。

何よりも美味しいご飯が食べられるなんて。それも朝昼晩と三食だなんて……幸せ過ぎやしませんか！　いや、誰がなんと言おうと絶対幸せです。なので、食事シーンはみんながご飯を食べて幸福になる姿を意識して書きました。

さらにほのぼのとした世界観にするために、可愛い妖精さんやもふもふな妖精獣などの要素も入れました。

因みに、私がよく書くヒーローは、基本的に不器用でちょっと話し下手な人が多いのですが、今回はとっても優しいお兄さんになりました。ちょっぴり間が抜けているので、彼も実は隠れ可愛いキャラだったりします。（笑）

イラストを担当してくださったのは、くろでこ先生です。カバーイラストはリズの元気で可愛い姿や、彼女を見守るクロウの優しげな表情が素敵すぎて、何時間も眺めてしまいます。

こんな可愛い子に料理を作ってもらったら、そりゃあみんなメロメロになります。くろでこ先生、素敵なイラストを描いていただき、本当にありがとうございました。

そして、本作をより良い作品になるようお力添えしてくださった担当T様、編集協力のH様。お二人のお陰でとても素敵な作品へとブラッシュアップができました。ありがとうございます。

最後に、応援してくださっている皆様に心から感謝を申し上げます。皆様のお陰でリズたちの物語を素敵な本にすることができました。

本当にありがとうございました！

小蔦《こづた》あおい

捨てられたひよっこ聖女の癒やしごはん
～辺境の地で新しい家族と幸せライフを楽しみます！～

2024年7月5日　初版第1刷発行

著　者　小蔦あおい

発行人　菊地修一

発行所　スターツ出版株式会社

〒104-0031　東京都中央区京橋1-3-1　八重洲口大栄ビル7F
TEL　03-6202-0386（出版マーケティンググループ）
TEL　050-5538-5679（書店様向けご注文専用ダイヤル）
URL　https://starts-pub.jp/

印刷所　大日本印刷株式会社

ISBN　978-4-8137-9344-1　C0093　Printed in Japan

［小蔦あおい先生へのファンレター宛先］
〒104-0031　東京都中央区京橋1-3-1　八重洲口大栄ビル7F
スターツ出版（株）　書籍編集部気付　小蔦あおい先生